
讀者專線

任何查詢、意見或投訴請致電：
2528 3673 吳小姐
傳真：2865 2609
尋夢園之友：http://starriver.hypermart.net
網上購書：http://cosmos.yesoutlet.com

尋夢園 系列 1275

男 帝 盛蓮傳說之三

作 者 席 絹

出 版 星河出版社
香港黃竹坑道新興工業大廈11樓
電話：2528 3673 傳真：2865 2609

總代理 天地圖書有限公司
香港皇后大道東109-115號智群商業中心13樓
電話：2528 3671 傳真：2865 2609
香港灣仔莊士敦道30號地庫/ 1樓（門市部）
九龍尖沙咀彌敦道96號（門市部）

發 行 藝文圖書有限公司
觀塘偉業街99號連順工業大廈5字樓
電話：2795 9595 傳真：2795 8818

楔　子——鬼屋·花尋·就是那道光！

它老舊得如此搖搖欲墜，卻又位於繁華的市中心，勇敢地杵在一片嶄新大樓群中，造成視覺上的嚴重突兀感——許多人都在奇怪，這幢房子既是荒廢，又位於黃金地段，為何能逃過財團的強力收購？

這幢房子很奇怪。

它的建築造型奇特，說不上是日式風格，還是閩式風格，甚至有點像是水上人家慣常建築的高腳屋模樣，若從高空鳥瞰，又依稀是一艘船的造型，然而不管怎麼說，它的屋齡絕對超過百年——大家都很奇怪，以台灣超過百年的建築就叫古蹟的情況來說，為什麼它竟沒有被政府列為受保護的古蹟？

一間像是被屋主棄置的老舊宅子，空了數十年，佔地不下百坪，位於精華區，卻不見財團收購，也不見政府保護，連流浪漢都對這個上佳的棲身地視而不見，甚至沒遭過小偷，情

況會不會太詭異了點？

就因為很奇怪，怪得無法解釋，所以就理所當然地流傳起一種說法——這屋子鬧鬼！

對！就是鬧鬼！誰敢動它的腦筋，它就跟誰過不去！

所有人都認為這是非常合理的推測，所以屋主才會直接棄置；財團不敢收購；政府任它自生自滅；流浪漢毫無興趣在此築窠；小偷對這房子裡可能有的古玩一點好奇心也沒有——就是因為鬧鬼！

這間空置幾十年的宅子，除非不得已，不然沒有人願意靠近，就怕沾染上什麼陰氣邪氣的，不過，季如繪卻是一個例外。

她不僅靠近，而且還進屋子裡去了。而通常，她進屋子裡去的時間是傍晚，在天色將暗未暗、天地間一片介於黑白之間的曖昧時刻。

並不是刻意挑這個時間來，不過當她第一次見到「他」時，就是在傍晚時分，於是，到了後來，只要她來，就一定是這個時間。

「他」是一個非常優雅的男子。古典而淡定，彷彿是清末民初那個年代走出來的書生，渾身是道不盡的儒雅，纖細、文弱，徹底地與現代格格不入。

季如繪從來就看不起缺少男子氣概的男人，不過奇異的，她卻不討厭「他」。

「他」，叫花尋。是個男人，但以他目前的狀態來說，肯定不能被稱為男「人」，因為他不是人。

更精確一點地說，花尋不是人，是鬼。

這是個很奇特的經驗，季如繪非常訝異自己毫無抗拒就接受了這樣的事實，甚至從來沒感到害怕過。

或許是因為她天生比別人膽大，也或許花尋太美形、太溫雅，讓人怎麼看也興不起一點戒心。總之，從三年前見過花尋後，只要她回家探望母親，都會來到這裡。有時運氣好，她會見到他，雖然大多時候都是見不到較多；也許就算是鬼，也有休息放假的時候吧，天曉得。

花尋曾經委婉地對她說：「這個地方，妳還是別再來了吧。」

對於花尋這個男鬼，她心中有諸多疑問，卻沒有太好奇到想要問出個答案。有些事情，身為局外人是沒有好奇的權利的，就算心中好奇，也不能認為別人該滿足她的好奇心。季如繪一直保持這樣待人處世的分寸，也許正好投了花尋的脾性，所以兩人若是碰著面，都相處得十分愉快。

三年多來，她隱隱約約覺得他之所以留在這裡沒有離開，似乎是在等待著什麼，或許是

事件，或許是人。

不過不管是什麼，總之花尋等的人不是她、或與她有關的事物。在第一次意外見面時，花尋臉上錯愕的表情就足以說明了一切。

原來，鬼真的不是萬能的。他可能在等人，也許更認為他所等的有緣人，肯定就是唯一可以看到他的那一個，而他也知道會見到什麼樣的人，當然，那人絕對不是季如繪。但是季如繪卻看見他了，硬是成了個無法解釋的例外！

別說他百思不解箇中緣由，就連她也是充滿疑問。當她知道別人真的見不到花尋，而她也從沒見過花尋以外的鬼之後，就覺得一切怪得不可思議。

原本她還以為自己不小心長出了所謂的陰陽眼，為了印證，三年前甚至還跟著學校的通靈社團跑到著名的「民雄鬼屋」去親身體驗所謂的靈異第六感……結果讓她很失望，就算其他人嚇得鬼哭神號、指天咒地說自己「有感應」什麼的，她就是沒感覺，甚至連害怕的感覺也沒有。

花尋留在這間屋子是有任務的，而她不是他的任務，就這麼簡單。所以花尋希望她不要再走進來，怕會帶給她不好的影響，也怕自己太酖溺在友情裡，養出了依賴，再也無法忍受住往後不知多少年，注定要過的孤寂日子。

為此，季如繪在大學畢業後，決定離開台北到高雄工作。心中也打算就此不再踏進這裡。如果她的闖入讓花尋感到困擾，那麼身為朋友的人，就該幫忙解決這個擔憂。大學畢業後，她與花尋告別，南下高雄。她以為她再也不會進入這間屋子，至少十年二十年之內不會。

意外！純粹是個意外！真的真的只是意外！

這個意外，由許多並不特別的事件湊成——

首先，她拎著為母親買的大包小包補品名產，回家探望母親，卻沒算對時間，硬是與父親碰上了面，一陣電光石火的眼力交戰之後，敗陣下來的人當然不會是一家之主，所以她連家門都還沒碰到，就拿著滿手的物品轉身走人。

這是個不幸的開始。當她邊走邊想著可以聯絡哪位同學或朋友收留她兩晚時，不經意地抬頭，就見到這間房子，自然就會想到已經快兩年沒見到的花尋。不知道他還在不在？

才這麼想著時，就看到有個年輕的女子走進了那幢宅子——而且是從圍牆那扇生銹的鐵門走進去的！

那人是屋主嗎？

一定是屋主！不然怎麼能夠打開那道鎖著的鐵門？季如繪以前可是從後面某段已經傾圮

的圍牆爬進去的。

那人，難道就是花尋一直在等待著的任務?!

季如繪不由自主地跟了上去，滿心只想知道花尋等的人到底是誰？那個任務到底是什麼?居然可以讓花尋在這裡等了近三十年?!

當季如繪衝進鐵門時，看到那人正拿著把大鑰匙跟正門那只發銹風化的鎖頭對抗，似乎努力了好久，才將廳門打開。

「咦?那人……是?」季如繪悄聲走近，愈看愈覺得那個背影好眼熟，想得太專注，所以腳步有絲遲疑。

似乎快要想起，卻總差了那麼一步，就是想不起來!但季如繪肯定自己應該認識這個女人，雖然只是看到背影，但就是知道。是誰呢？

「啊!」突然腦中一閃，眉頭微微皺起，頓住步伐，輕道：「不會吧?是她——花靈？怎麼會……」

好吧，現在不是自欺欺人的時候，那人確實是那個花靈!不管她願不願意相信，眼下重要的是快些進去!她想知道花靈能不能看得到花尋……咦?花?花尋與花靈……兩人之間是什麼關係?莫非花靈其實是花尋的後代?!

有種奇特的預感呼之欲出，讓她迫不及待往那扇已經打開的大門奔去，在踏進去的瞬間，她開口叫道：

「花靈——啊！」她的聲音被一道強光給打散，失聲叫了出來。

「——如繪！」那是花尋驚慌失措的聲音。

花尋的聲音是她失去意識前最後的記憶，在不知名強光籠罩下，她覺得整個人徹底失重，不斷不斷地往下掉去。

沒有底淵，就是，一直的墜落。

1 不可思議的世界

「妳是誰？」虛弱的聲音，因喉嚨太過乾渴而嘶啞。

「欸？妳終於醒了？能說話了！太好了！真是太好了！」一團灰色模糊的影子在她眼前晃動。只見得一張寬闊的嘴在她眼前一張一合，逕自說道：「好了，妳燒也退了，應該沒事了。我還真怕妳就這樣死掉了，咱如今進了宮裡來，也算是能過起好日子了，要是妳福沒享到就死了，也太可憐啦！」

「我不認識妳……」季如繪努力想睜大眼，卻無法看清眼前的人，不知道是這地方的光線太暗，還是自己視力出問題，總之，她覺得熱，好熱，腦袋暈糊成一片。見那人伸手要探她的額，隨著一股難聞的體臭襲來，她只能本能地喊出：「別碰我！」

那喊聲，小得連自己也聽不到，然後，她再度陷入昏迷……

「哎，別昏哪，怎麼又昏了？快起來啊！哎啊，又高燒了，這可怎麼辦才好？管事說如

果妳再不好起來的話，就要把妳丟到後山的山坑……妳得醒來，快醒來啊！」

醒來！醒來！

陌生的聲音一直干擾她，而她虛軟無力的身體也為此飽受無情的折騰。

這是夢吧？一個好煩人的夢！而且好臭！

季如繪在夢中皺皺眉頭，決定她要醒來！

雖然不知道為什麼會作這樣離譜的夢，但這不重要，反正——

只是一個夢而已。

去他的夢！

有哪個夢會一作五個月沒法醒，而且還不知道何年何月會「醒」的嗎？

季如繪很火大，非常火大。

臭，好臭，臭氣薰天！

餓，好餓，餓得抓狂！

這到底是什麼跟什麼？她怎麼會任由自己淪落到這個地步？瞧瞧她現在在幹嘛？她每天都在幹嘛?!

努力地隱藏，源源不絕的恐懼，永遠都灰心喪志，每天閉上眼都祈求老天讓她醒來，根本是完完全全地不敢面對現實——可惡！不就是莫名其妙到了這個難以理解的地方嗎！就算這裡的女權低下、女性地位卑弱得教人難以置信，有必要放棄得這樣快、成天自欺欺人嗎？虧她還自詡是獨立自主的女人，心志性情絕對不比男人差，怎麼眼下遭難了，唯一想到的卻是自我催眠、告訴自己這是夢？明明就不是夢！雖然遭遇到了難以置信的事，但用「夢」來解釋一切就太可笑了。

就因為她身為一個女權主義者，卻被丟到了一個女權極端低下的不知名時空，所以就害怕得再也振作不起來嗎？

對！她就是難以理解地被丟到了一個女權極端低下的時空中，那也還是該面對現實啊。

絕望，竟會讓她輕易崩潰得這樣難看，不可思議！這讓她對自己很火大，人可以無能，但不該失去尊嚴，不該輕易放棄。與其每天花一大堆時間對各路神佛乞求，還不如自己振作起來，為自己找到一個出路！這才是她季如繪此刻應該做的事！如果靜心等待有用的話，那她用了五個月去等待，只證明了這只是在自我安慰，沒實質用處。而她所處的環境，讓她就算來到這裡這麼久了，仍然對這個時空所知有限！

只知道，這是個女性徹底被奴役的地方。

她是個女權主義者，這一生都在為著爭取兩性平權而努力學習，即使為此與父親決裂、被男人視為洪水猛獸，甚至被傳統女性指指點點，被指責製造兩性對立、社會不安等等，她始終沒有動搖自己的意志，向來以自己冷靜強悍自豪。

她以為自己很堅強，以為自己有著鋼鐵般的意志力，有足夠的強悍去面對這個世界所有的強橫野蠻、去對抗男性社會裡對女性的壓迫不公；她有能力面對一切，並為女權爭取到更多的公平，在社會上被平等對待！

原來，她一直都在高估自己。她沒有自己以為的那麼堅強，當變動突如其來時，她根本不堪一擊！

所謂的為女權而努力，難道是建立在男人忍讓的前提下才能有所發揮嗎？這樣算什麼？這幾個月來，季如繪對自己有著深深的失望，這可能比來到女權卑下的地方還來得讓她感到難過。

好，她現在知道自己還是太嬌貴了。但人不可能永遠拿「嬌貴」當藉口來原諒自己的懦弱，至少，她沒有辦法放縱自己再這樣耽溺下去。

面對現實吧！

現實就是她來到了這裡，來到了這個叫做盛蓮國的地方。

那道奇特的光芒將她帶來這裡——盛蓮皇宮裡的宮役所。也就是專門給工人居住的地方。她運氣實在不太好，這間通鋪的女役，幹的是最下等的力氣活，通稱「工役」，隨便哪個宮女宮男什麼的，都可以任意呼來喝去那種，說白點，就是奴才裡的奴才，這輩子沒有翻身指望那種下等人，待遇就跟被豢養的家畜差不多。

莫名來到盛蓮，甫從昏迷裡真正清醒，一張開眼，就發現自己睡在一張大通鋪上，身邊的鼾聲此起彼落，比雷聲還響。她驚坐起身，不確定自己是不是在作夢，只見整張通鋪上睡了不下五十人，擠得每個人連翻身的地方都沒有。這些人個個都熊腰虎背，身體滿是臭味……原本以為是男人，後來再三確定這些人是女人後，也沒能讓她好過一點，季如繪被嚇得差點尖叫出聲。

她發現自己身上穿的是粗麻衣物，與通鋪上所有人穿的一模一樣，那她原來穿的衣服呢？怎麼會不見了？

後來還是一直照顧她的離奴告訴她，她在被買進宮時就高燒不醒，近一個月都是意識不清，就差那一口氣了；還是離奴好心照顧她，每天強灌她湯水、幫她換上工役的粗服。至於原來的衣服，聽說被一個叫「幽娘」的人給收去了。好，衣服不重要，其它都不重要！重要的是——

為什麼她會出現在這裡？為什麼她會成為粗使工役？為什麼明明役房裡多出一個她這樣格格不入的人，管理官員卻沒什麼反應？似乎很理所當然的樣子。皇宮的管理居然鬆散到這個地步嗎?!這盛蓮皇宮會不會神經太大條了一點？難不成盛蓮國是個沒有壞人的國家？還是皇帝這個大位，絲毫沒有人覬覦？

那名清點人數的女官似乎一點也不覺得她的出現太過突兀，只草草地問了她的姓名、登記到名冊裡，就算了事了。當作是人牙子點交工役時發生的失誤，多給了一個人，雖然病歪歪的，但還是認為佔到大便宜，沾沾自喜得很呢。

於是季如繪莫名其妙地跟著所有工役每天賣力工作，混在成群的粗役裡，做著一般人不會願意做的工作——扛木頭、挑土石、製堆肥、搬各種重物，做盡了在她印象中理所當然屬於男性才該做的粗活，一路渾渾噩噩至今。

不是沒有疑惑的，但由於無法相信這是真實，總覺得在作一個冗長而醒不過來的夢。

工役是皇宮財產，賣斷終身進來的，所以工作沒有工資，但有一日兩餐，至少餓不著肚子；每天勞動完就睡覺，能夠自由活動的地點就只有髒亂的勞動場與不見天日的宿舍。所以雖然她人確實在皇宮的範圍裡，卻從來沒見過所謂的富麗堂皇是怎麼個景致，更別說想對盛蓮這個國家有所了解了。

她不明白，為什麼這個國家是由女性來做粗重的工作？原本還猜測這裡可能沒有男性，但在上個月見到幾個穿著鮮麗的娘娘腔男人到她們這邊走動挑奴僕之後，季如繪就打消原先奇怪的幻想，這個奇怪的世界還是有男性存在的。只不過這些男人比她那個世界的男人更幸福，他們很娘，娘得弱不禁風，卻可以理所當然地奴役比他們更孔武有力的女性。這對她而言是難以想像的！

所以她對這個世界的唯一了解就是：這是一個女性地位卑微的地方。

這個世界到底是出了什麼問題？這些強壯的女人們腦袋是怎麼了？怎麼會允許這樣的事發生！

當她聽到身邊的女工役對那些娘男流口水，私下悄悄開黃腔對娘男意淫，嘻嘻哈哈的，表現得就像她原來那個世界低俗男人相同的德行時，她覺得這個世界一定是瘋了。

她的內心惶惑不安，為著一切的無法理解而害怕，覺得自己快要發瘋，似乎，也渴望經由發瘋、或相信自己在作夢，來躲避這無法面對的一切。

她很想脆弱，可惜，還不夠脆弱。當她從火大中堅強起來面對一切時，就知道自己終究不是當小女人的那塊料。

這樣的日子，已經過了快五個月了啊……

季如繪將最後一耙土給剷進大木桶裡後，再也擠不出半絲力氣，整個人像消了氣的氣球般委頓下來，呈大字型躺在草地上，定定望著湛藍的天空。她錯過了中午的點心，雖然飢腸轆轆，但卻一點也不感到可惜。

像她們這類工役，因為做的是最粗重的勞力，所以即使盛蓮人的慣例是一日兩餐，她們還是會在中午時多享用到一頓粗餅點心，可以吃得很飽，卻會讓胃很痛，而且還沒有任何口感可言，搞不好嚼蠟都比它美味一點──雖然她從來沒吃過蠟。

拒絕吃粗餅的心志無比堅定，但不表示自己的肚子不會餓。勞動了一早上，肚子早叫得震天價響了。

她很餓，非常餓，飢餓讓她火氣很大，所以再也無法忍受自己的懦弱，狠狠地將自己痛罵了一頓。罵完後，自己也就完全從這些日子以來的渾噩裡清醒了。

事實證明，這不是夢。而且，只會在沉默中等待，是永永遠遠不會有結果的！

但，清醒之後，到底是好還是不好呢？眼前是無盡的未知，可能還有著危險，卻逼得自己一定要勇往直前，堅強以對，再不許逃避。而且，她不能再一味地靜默下去，一定得做些什麼。至少，她不能再這樣下去……

以前，在她原來的世界，就覺得爭取女權是極之困難的一件事；而現在，在這個女性地

位如此低下卻沒有一個女人覺得被男性奴役是不正常的情況，實在太不可思議了。她們怎麼會覺得粗重的工作都該由女人來做，男人不該插手呢？至少以先天的條件來說，男人的體力向來優於女性，所以歷來粗重的工作都是由男人來做的不是嗎？為什麼這裡竟然不是！

人高馬大的女人被嬌弱瘦小的男人指使，而沒有任何人覺得奇怪。想在這樣的地方談女權，根本就是天方夜譚，連困難都談不上，直接就是絕望。

如果說這裡的社會實況令她絕望的話，那麼認知到一輩子都將會被關在一小方天地，沒有自由，只能不斷勞動直至死亡這件事，則是造成她灰心喪志，鎮日渾噩憂患，無法振作，幻想自己在作夢的最大原因。

自由，終究得先排在女權之前。雖然以她目前的狀況而言，快要被餓死這件事可能比較嚴重一點。

「靠！這下子真的是在靠夭了！」她低聲咕噥著。

肚子很餓，渾身發臭，心情很差，滿腦子煩悶無處排解，覺得自己就要爆炸。可是老天爺似乎覺得她這樣還不算慘，就在她準備起身繼續回去工作時，一抹黑影突然向她這邊疾閃過來，落點非常恰巧是她躺著的這個方位，更精準的說，應該是她餓到不見一絲贅肉的肚皮！

喝！那人在還沒落地時，便意料之外的與她四目相對，兩兩頓住，相顧無言。

她被那人嚇到，同樣的，黑衣人也被她嚇到！

「啊——唔！」在季如繪的尖叫還來不及成形時，就被重重撞回地上，同時，一隻有力的手掌更將她頭臉牢牢壓抵在地面上，蓋得密不透風，別說尖叫了，就連呼吸都困難至極。那隻手非常有力，下了狠勁將她往泥地裡壓去。

這黑衣人不會是打算就這樣將她給殺人滅口吧?!季如繪出於求生本能地掙扎——

「別動！想活命就別動！」刻意壓低的嗓音帶著怒火。

季如繪頓了一下，一方面是太餓，掙扎了幾下就沒什麼力氣了，得休息一下；另一方面是發現黑衣人的手勁後繼無力，像是打算放她一馬的樣子，所以就沒有再掙扎得那麼堅決。

這人之所以沒繼續施力將她直接掐死滅口，是因為受傷了吧？所以心有餘而力不足——

這是她心中第一個想法。

遠處傳來紛亂的吆喝聲，由遠而近，很明顯正向這邊趨近，似乎在尋找什麼人，動作滿大的。當季如繪發現蓋住她臉面的那隻手因為那些聲音而微微震動了下之後，很快明白那些人八成是皇宮裡的侍衛，正在抓人；而這個制住她的人，正是傳說中的刺客——被宮衛們搜尋的對象！

「妳！起來！」突然，刺客將她一把揪起。

季如繪這才有機會看清刺客的模樣——雖然是蒙著臉，除了一雙凌厲的眼外，沒法看到更多，但總也算是看到了。

這人身形挺高的，隔著布巾發出的聲音，因為刻意壓低，所以聽不出是男是女。在盛蓮這個地方，長得高的女性多的是，而且她們看起來都很像男人，所以完全無法經由外表身形去判斷這人的性別。

「做妳的工作，裝作什麼事都沒發生！想活命就聽話！」刺客似乎很迅速就掌握住了季如繪的身分，以一種上位者的口氣直接下命令。

這人憑什麼以為她會乖乖聽話？季如繪雙眼不馴地瞇起，雖然沒辦法開口說話，但渾身上下看不出一丁點乖順的味道。

一把銳利的匕首毫不客氣地抵上季如繪脖子，刺客的聲音冷到足以結冰：

「妳有兩個選擇，一同死，或一同生。」

「我憑什麼相信你會放過我？」摀住她嘴的手勁鬆了點，讓她可以發出一點聲音。

「妳只能選擇相信。」刺客很快地回道。並且多看了她兩眼，心中暗自警戒：為什麼這個奴隸不僅沒嚇暈，還能冷靜地與他談話？她真的只是個普通的奴隸嗎？

「好吧。」季如繪沒有別的選擇，只能順從。她雖然生性冷傲難纏，但偶爾也很識時務，不會隨便拿自己的生命開玩笑。

刺客沒再理會她，四下看了看，相中了後方半人高的木桶群，突然兩指用力點了季如繪的左肩胛後，飛身閃進其中一只空桶裡，將蓋子蓋上。

好痛！季如繪整個左肩的筋脈像是突然抽筋似的揪了起來，讓她左手臂不由自主地弓起，冷汗直冒，差點跪倒在地。

這時那些搜尋刺客的宮衛已經過來，可能覺得刺客逃來這邊的機會不大，所以只派兩名宮衛搜尋。

「喂！粗奴，有沒有看到什麼人跑過來？」

這兩名宮衛雖然打扮得很男性化，身材體格也極之健壯，但季如繪仍是很確定她們是女的。

「問妳呢！怎麼不回答？啞啦！」

性急的宮衛等得不耐煩，推了季如繪一把，力道不大，但半邊身體處於痛楚中、無法控制的季如繪別無選擇地只能跌倒在地。

「沒……看……到！」全身發麻的季如繪要很努力才能將這三個字說出來。

「這樣就倒了？妳這個粗奴還真是虛啊，不是說粗奴是全盛蓮最孔武有力的人嗎？顯然妳是那個例外，進宮混口飯吃的，對吧？這麼輕又這麼瘦……」宮衛一把將季如繪拉起來，嘴上還叨叨唸著。

「白海，別扯了。我們再到別的地方找找。」另一名宮衛拿著刀四下巡了一遍，也隨意打開其中一個木桶看了下，當她發現這些木桶是準備用來製造堆肥的餿水廚餘之後，被臭得臉一皺，滿是噁心的表情，只想快快離開。

兩名宮衛很快離開，去別的地方找人去了。

突然的跌跤，讓季如繪發現全身在一陣發麻後，連帶的，左肩胛的痛楚居然也漸漸消失了！雖然不知道這是怎麼一回事，但既然身體能自由活動了，就沒有必要多想其它，反正想了也想不出個所以然，眼下她唯一想做的事是……

抬眸望向藏人的那只木桶，一雙杏眼冷殘地眯起，就在那木桶微微震動，即將有所動作時，她抄起一捆繩索，以最快的速度飛奔過去將那木桶蓋壓住，然後死命而瘋狂的紮捆，直到將那木桶紮成了一只蛹，打了十來個死結後，才力竭地倒坐在地上喘氣。冷眼看著那只木桶劇烈震動，試圖掙脫。

「想出來？哼，慢慢等吧！」季如繪冷笑。

了塊餅。」不遠處一名推著水車的粗奴向她呼喊著。

「喂！季奴，那邊工作做完了的話，就過來這邊幫忙，該去打水了。快過來，我給妳帶了塊餅。」不遠處一名推著水車的粗奴向她呼喊著。

季如繪對那人揮了揮手，表示聽到了。抬腳一踹，將那蛹狀木桶給踢倒，踢倒還不算，連著讓它像陀螺一樣翻滾了好幾圈之後，才滿意地吁了口氣，走過去與工役們會合。

火氣是消了些許，但肚子還是很餓……

在季如繪離開許久之後，當第一道晚霞開始將天空染色時，就見一名女官打扮的女子左右張望，一路來到放置木桶的地方。她的臉色力持鎮定，但眼中卻有滿滿的焦灼，略顯慌亂的動作，像在找什麼重要的事物。

落難在木桶裡的刺客，原本正在想辦法脫困，就在手中的匕首幾乎要穿透木桶時，耳尖聽到外頭有輕微的聲響，立即靜止不動。

這個地勢平坦的地方毫無值得特別注意之處，不只四周無任何遮物，連野草也只是稀稀落落地長著，一目了然，毫無懸念。

女官也如同先前那名宮衛一樣，在四周仔細望張了下，也撥了撥草叢，沒有什麼發現，最後目光盯在十來個散發著餿食臭味的木桶上。隨意打開了兩只木桶張望，確定裡頭都是餿

水之後，幾乎要轉身往別處尋去。

方走出一步，卻又停住，似乎不想太快對這個地方死心。畢竟她已經找過很多地方了，找到這裡已算是走到絕路，再往下尋去，也不可能找著什麼。

略帶著些遲疑，小心翼翼地，女官輕聲叫著：

「主人，您在這裡嗎？」話才說完，就覺得自己這樣做實在有點傻，也就住了口。沒有時間耗在這兒了，她得快點找到主人！

就在她走出幾步後，一道悶悶的嗓音傳進她耳中——

「白琳，我在桶子裡。」

「主人！」女官不由自主跳起來，要不是及時將自己的嘴巴摀住，怕不尖叫得全皇宮都聽到了。

女官火速轉身，目光在每只半人高的桶子間看著，不敢置信她尊貴的主人居然會藏身在桶子裡，當然，藏身在裡頭沒有什麼問題，問題是主子為什麼躲了那麼久都不出來?!到底發生了什麼事？

白琳奔到木桶群中，將木桶蓋子一個一個打開，可看到的都是餿水，沒有人啊！

「主、主人，請問您在哪只桶子裡？」

「倒在地上的這只！」帶著火氣的聲音，聽起來非常的危險。

女官再也不敢多問，雖然滿臉驚駭不解，可她也知道眼下自己最好閉嘴。將倒在地上的那只大木桶用力扶起，火速地將纏在上頭那一大捆繩子給拆解開。果真見到主人的身影——非常狼狽的那一種。

狼狽不狼狽並不重要，重要的是主人似乎受傷了！白琳瞪著主人手臂上的血漬驚呼：

「主人，您受傷了?!」

「別聲張，快扶我回去。」低沉的聲音沒有多餘的廢話。

「是誰做的？竟敢——」

「附近的宮衛都撤了？」顯然不想與下屬談這個話題，黑衣人問道。

「是。已經撤了。」白琳從隨身提著的漆盒裡抽出一件華麗的大氅，抖了抖後，搭在主人肩上，正好牢牢將他身上的衣著給蓋住，同時小心拿下主人臉上那塊蒙面黑布，露出一張白皙俊雅的男性面孔。

俊雅男子低頭瞪著那只曾經困住他的木桶，突然用力一踹，笨重的木桶在猛烈的力道下，飛撞向那一群已裝置好的廚餘桶，瞬間將四五只堅固的木桶都砸成了碎片！然後，才以冷淡的聲音道：

「走吧。」不容置疑的命令。

「是。」白琳再不敢多言，謹慎地扶著主人，緩緩走出這個臭味薰人的地方。滿肚子的疑惑衝到嘴邊，卻因偷覷到主人陰沉的臉色，而乖覺地都又吞了回去。

到底……是誰膽敢這樣對待她的主子啊？怎麼說也不該是這樣的情況啊。

不管是在怎樣的情況下，她的主子都不應該被塞在木桶裡，丟在這兒不管不理吧？要嘛，就是當刺客舉報；要嘛，就是被人幫了一把不是嗎？把人困在木桶裡是怎麼個道理啊？正常人不會這麼幹吧?!

白琳心中百思不解。

盛蓮的夜空，像是一匹綴滿鑽石的黑絲絨，美得讓人心醉。

睡在通鋪靠窗的季如繪整夜翻來覆去睡不著，只能睜著滿是血絲的大眼，呆呆看著那片美麗的夜空。

宿舍裡其他人在體力嚴重透支的情況下，早已睡得人事不知，有些厲害點的，甚至練就一身好睡功，人還沒沾床，就已經鼾聲大作，站著就能睡著。

她也很累了，累得無法去在意滿屋子的打呼聲與體臭，以及自己已經十天沒洗澡的極度

噁心感，每天每天都累到爆，如果有人生性愛潔，也得建立在有閒有體力有環境的前提下。很顯然，她們這樣的奴隸一樣條件也不具備。

照理說她也該熟睡了，但閉上眼那麼久，睡意卻始終不肯來。最後，她只好認了，霍地起身，像在跟誰生氣似的，動作很大，弄得原本就不甚牢靠的床板嘎吱響，把一邊的人給吵醒了。

「季奴，妳起身幹嘛？」滿含睡意的聲音咕噥問著。

「我說過了，別叫我季奴，妳叫我季就好。」

「幹嘛計較這個？咱就是奴隸嘛，叫個奴字也理所當然啊……季奴啊，好吧，季。我們是奴才，這一生就是這樣了，妳別不認命，不認命的話，會很苦的。喂，季奴……不是，季，我說妳這是要去哪兒啊？夜裡宵禁，不可以亂走的，給宮衛發現了，可是沒命回來呢！」

「妳睡吧，阿離。我只是去茅房，一會就回來。」

「喔……那就好。快回來睡啊，明天一大早就要搬石塊，很累人的呢，沒睡好可不行。對了，妳叫我離奴吧，大家都這樣叫，我聽著也習慣。」打了個呵欠，很快又進入熟睡狀態。

「知道了。」

藉著些微月光的照明，季如繪小心挑著沒人的地方踩著，緩緩向房門口移動，好不容易，終於跨過四五十具熟睡的身體，走出房間。

工役房的北面，有宮衛駐守，因為那是通往皇宮主建築的方向，當然會有人嚴加把關，平日就不許工役任意進出，更別說深夜的宵禁時分了，但凡發現人跡，沒有二話，格殺勿論。而南面，則是她們平日做粗活的地方，一路走到底，也就是十公尺高的圍牆，完全不必派人夜巡，反正也沒人能爬得上那片高牆。

季如繪雖然是滿臉不情願的表情，但仍然是往南面走去，更確切地說，是往今天中午她製堆肥的地方走去。

畢竟她是生長在重視人權的二十一世紀，沒有辦法真正做到視人命如草芥，雖然心中想得很狠，也明白那名「刺客」八成不是什麼善類，但她就是沒有辦法狠下心。寧願放那人自生自滅，就是無法接受那傢伙是死於自己之手。

為了今夜的好眠，即使不情願，還是只能來到這裡將那人放出。是的，她會將那人放出來，至於放出來之後，那人有沒有體力逃跑，就不是她會關心的問題了，自求多福、聽天由命吧。

「咦？」季如繪輕輕訝叫了聲，因為見到那只原來被她捆得紮實的木桶已經被支解成碎

片，弄得滿地狼籍、臭氣四溢……當然，裡頭的人也早就不見。

「有人將他救走了？還是他力氣大到把木桶震碎？」不可思議地低喃，當然，也要努力憋住氣，小心不要讓自己被臭暈。

「還打碎了四個木桶，看來很生氣的樣子……」季如繪喃喃自語。雖然有些生氣自己做好的工作被弄得這樣凌亂，而且壞掉的木桶還不知道該怎麼向工頭交代。不過，那人會以此洩憤，也是可以理解的就是。

那人，到底是什麼人？刺客？那，又是哪來的刺客？

沒有人可以給她答案，而且她對這個世界依然一無所知，所以知道那人是什麼來路也沒用。

不過……她輕吁了口氣，至少，她不必揹上一條人命，那就好了。回去睡吧！明天還有好多工作得做，在她還沒有找出脫離這種生活的方法之前，就只能乖乖工作等待機會，再怎麼不情願，日子還是要咬牙過下去。

莫名到了這個奇怪的時空，一個人的力量實在太單薄了，根本什麼也不能做，連想讓自己處境好一點都是奢求。幸好，她已經振作起來了，只要心志仍堅強，總有一天會給她找到一條出路的。

一顆懸著的心終於放下，身體過勞的疲憊也在這時一湧而上。她走到五十步外的乾草堆，這兒夠遠，不太聞得到臭味了。抬頭看著滿天星斗，雙手大張，整個人往後面的乾草堆裡重重倒去。

就在這兒睡吧！至少味道好一點，雖然自己身上已經有臭味，但不表示她願意回到那間窄小的通鋪裡，去聞五十個人身上同時散發出來的體臭。

一個月只能洗三次澡啊……這個國家竟然將女性糟蹋至此！

她怎麼會被丟來到這個女權卑下的地方？而且沒得商量，在她還搞不清楚狀況時，就成了女奴的身分！

這種日子，她還要過多久？她還能撐多久？想改變，又該如何改變？

無論如何，她絕對無法忍受自己再這樣挨過下一個五個月。

她得好好想一想了。

又是中午的點心時間。季如繪依照慣例沒看那些比磚頭還硬的粗餅一眼，只喝了幾口蓮子湯，將湯裡那幾顆煮得硬梆梆的蓮子吃完後，就要尋一個地方去休息——

「季奴，啊不是，是季！我說季，妳怎麼又不吃了？」離奴眼尖，將手中的粗餅往旁邊

一丟，及時將季如繪拉住。

「我不想吃。」

「不吃不行啊，瞧瞧妳瘦成這樣，怕是挨不到兩年就會沒命。雖然說我們奴隸的命不值錢，可好死不如賴活著啊，也許有一天老天開眼，讓哪個好心的主人看中，買了去當家奴，賜姓給我們姓白，我們就可以過好日子了呢。」

「去！進了皇宮，一輩子能這樣就是老天恩賜了，還敢有別的指望呢，作夢去吧！」一旁工奴聽到，回頭呸了一聲。

「吃妳的去吧！管我那麼多。」離奴虛踢一腳過去。

季如繪回頭看著向來樂天知命的離奴一眼，她喜歡離奴的憨厚樂觀，但對於她的「夢想」卻感到悲哀，但又不能說這樣的夢想是錯的。畢竟「被買去當家奴」這樣的夢想，對於沒有身分姓氏、低賤得比泥土還不如的粗奴們而言，已經是想都不敢想的好出路了。

「來，坐下，坐下。好歹吃一口吧！」離奴以體力上的強勢，將季如繪給拉坐在一旁。將好不容易從一堆搶食人群裡搶出來的餅，很大方地分一塊給她──

「喏，吃吧！」

「不了。」見離奴滿臉不贊同的神色，揪緊她的手也沒有放開的打算，只好勉強又加了

句：「我牙口不好，沒法吃。」

「這好辦，泡點水就可以吃了。」離奴左看右看，發現蓮子湯已經被舀個精光，但這難不倒她，就見她從草叢裡掏出一只髒兮兮的陶碗，說道：「我去跟頭子討點淨水給妳。」

她們這類的低級奴隸，每日的糧食與淨水都是上頭配給，想多要一些都極之困難。幸好負責她們這一房的領頭人心地還不錯，雖然嘴巴上會兇兩句，但卻是會給個方便的。

「不必了。離，妳快點吃，等會就要上工了。我是說真的！」季如繪無奈地將人拉住，由於她的體格相較之下實在太單薄，使盡了力氣要拉人，仍是給帶著走了好幾步，惹來附近看戲的人一陣低笑。

「妳這人啊，也真不知道是在倔些什麼！」離奴見季如繪堅決地表達出不肯吃點心的態度後，只好將滿腔的熱心給滅了。

正要坐回原地將大餅吃完，眼角不意瞥到工地的入口處突然走進來六名服裝筆挺潔白、看起來等級很高的宮衛，當下眼睛看得都直了，滿眼都是崇拜欽羨。

那些宮衛一踏進採石場，便往工頭的休息處走去，目光隨意地四處打量著在場的所有工役，但也很快就收回目光，所以沒有瞥見離奴正在努力挺胸縮小腹的滑稽樣。

「喂喂，季！妳看！」離奴吁出一口憋著的氣，指著那些宮衛，語氣滿是羨慕。

「喔。」季如繪跟著看過去，也就看了那麼一眼，就沒興趣了。

不過季如繪的冷淡完全影響不了離奴高昂的情緒，就見她以夢幻的聲音道：

「如果有一天，我也可以成為皇家宮衛，可以穿上那麼威風的衣服，然後在京島繞一圈，啊！就是死也瞑目了！」

季如繪突然想到什麼，又抬頭看過去，將那六個人都看了個遍，脫口低語：

「都是……女的。這是怎麼一回事？」

「什麼？妳說什麼？」離奴一頭霧水地問。

「怎麼沒有男的？」見離奴還是一臉問號，季如繪只好說得更明確一點：「我是說，怎麼都是女宮衛？男人幹什麼去了？」

季如繪問完後，發現不只離奴錯愕地瞪著她，連其他原本忙著吃粗餅的工役們也都從食物裡抬起頭，像看怪物一樣地瞪著她看。

她……說錯了什麼了嗎？

「季，妳到底是打哪來的啊？怎麼連一點常識都不知道？難道妳一出生就被關在地牢裡從來沒被放出來幹活兒過嗎？所以妳才會問出這種問題？」離奴吶吶地問著，眼中霎時盈滿了深深的同情。

季如繪心中一震，為著離奴無意中透露出來的訊息。

這些人……

這些工役們，不只沒身分、沒自由，從一出生開始就以地牢為家，平常放出來工作，工作完了就像被豢養的家畜一樣驅趕回地牢睡覺，是這樣嗎？

她的心思已經不在那些宮衛為什麼是女人身上了，也不想知道這個世界的男人幹什麼去了。眼下，她渾身發冷、無力，像是又快要被無盡的挫敗感給打敗，好不容易振作起來的意志力，似乎又要崩潰了……

雖然季如繪不想知道答案了，不過這並不妨礙離奴在同情完季如繪之後，滔滔不絕地為她解釋起這個國家的基本常識——

「季，男人是不能當宮衛的！妳問我男人幹什麼去了？他們當然是在家裡相妻教女、操持家務啊！女人生孩子，男人養孩子，天經地義。雖然我們這種人一生是沒機會娶夫成家了，不過在這個國家，一般人是這麼過日子的，妳聽懂了嗎？」

「錯！我們這種人還是有機會成家的，如果妳願意娶墨蓮的話，多的是墨蓮想嫁妳，妳去娶吧！」突然有人開玩笑地大聲說道。

「噢！老天娘娘保佑！我們寧願一輩子孤家寡人，也不要娶墨蓮！洪奴妳快別逗了。」

立即有人回吼著。

「這個笑話一點也不好笑！我們工奴是低賤沒錯，但墨蓮可是比我們更不如啊！我老劉寧願一輩子當奴隸，也不要給墨蓮贖身、被迫娶夫。」眾人七嘴八舌地轟著那個開玩笑的人。

「就算有錢得像李格非那樣，娶了就能睡金山、躺銀窩，天天不必幹活，還能吃香喝辣也不肯嗎？」

「不肯！當然不肯！誰要娶李格非？他不只是墨蓮，還是個大醜男，再多的錢給我，我都不肯！」有人扯喉尖叫。

墨蓮？墨蓮是什麼？一個人名嗎？季如繪不明白地想著，但因為心煩意亂，也就沒太放在心上。她滿心只想著工役這種身分，還有什麼更悲慘的遭遇卻是她仍然不知道的？至於其它與她無關的，不管談得多熱絡，都沒能讓她多注意上一分。

有機會一定要跟阿離好好談一下，本來打算先想辦法了解這個國家的，而現在，她還是先弄清楚自己這種身分是怎麼來的吧！盛蓮這個國家的奴隸是怎麼產生的？為何身分會如此低賤？

這時，遠處的數名工役頭領從小屋裡衝出來，往她們各自管理的工役群奔去。還沒跑

到，洪亮的聲音已經響徹整個工場——

「全體注意！馬上集合！兩兩成列，立即集合！快點！快快快！」

急切而嚴厲的催促聲，讓寧靜的工場瞬間吵雜沸騰起來，所有工役都不敢耽擱，都以最快的速度聚集過去，就怕晚了挨罰。

季如繪還沉浸在自己的思緒中，反應最是遲緩，但熱心的離奴當然會拉著她一起跑，她不用回神沒關係。

在季如繪閃神的這一刻，她的命運開始改變。

2 荒謬

這是個荒謬的世界……季如繪悶悶地想著。

「季，妳在這兒啊？我找妳呢。」

怎麼會這樣呢？不像啊！季如繪搔搔頭。

「喂喂！季，妳幫我看一下後面，有沒有髒了還是皺了？剛才被叫去膳房扛菜搬肉的，也不容我換身舊衣服，今天才穿上的新衣服呢，弄髒了多可惜。」

不可思議……難以想像……季如繪抬頭看向天空，怎麼也沒料到自己居然來到了一個女權的國家！而她先前居然還以為自己來到的是女權賤如土的地方，真是天大的謬誤！可，也不能怪她會誤會啊，當她操持著最粗重的工作時，怎麼可能會相信這裡女權大如天?!

「季！叫妳呢！妳是聽到了沒有哇?!」忍無可忍，再不容許被視若無睹，於是用力抓攫住季如繪的肩膀搖晃起來。「醒醒！快醒來！妳別是睜著眼睛睡了吧？快點醒來！」

季如繪無奈地阻止阿離的粗魯，嘆氣道：

「妳已經問了一百次了，離，我最後再跟妳說一次——妳的制服很乾淨、很平整、很漂亮、很威風。請妳不要再跑過來問了，去做妳的事吧。」

「什麼叫去做我的事？我就是過來找妳的！妳躲在這裡做什麼？快點走，管事大人要我們集合，正式分派工作了。快走快走！要去遲了，惹得管事大人一個不高興，怕不將我們打發回工役房去！那可不成，咱好不容易才翻身，一定要努力求表現，讓大人賞識，要緊緊抓住這大好機會，最好就此留在皇宮裡當雜役，做這種輕鬆的活兒，別再回到皇宮後方那塊髒亂的地方受苦！」阿離握緊拳頭，像在對自己立誓。

「阿離，妳覺不覺得……」季如繪眉頭始終擰著，心中滿滿的疑惑再也藏不住，必須找個人好好地說一說、問一問。雖然以阿離的出身而言，對這個國家的體制與社會常態恐怕了解的也不太多，但至少是比她好的。

阿離不由分說將人拉了就跑，邊道：

「有什麼話路上說。等妳慢吞吞地把話說完，我看天也要黑了。快走吧！千萬別給管事留下貪懶怠惰的壞印象。」

「阿離，妳慢點。」季如繪被硬拉著跑，很快的上氣不接下氣。體格單薄的她，完全無

法適應阿離矯健如飛的步伐。

「不能慢！我怕大家都集合了，就等我們倆。妳要知道，這次有三十個人被遴選出來，誰都盼著從此出頭，再也不必回到那個黑暗的地方去吃苦。但聽說管事只打算留下十個能用的人，所以說，只要稍微出一點錯，就完蛋了。我們一定要做得比別人好、動作比別人快，讓主子們看得到我們的能幹機伶。眼下是最重要的時候，妳好歹緊張點，別老走神。」雖然說要讓季如繪在路上說話，但一長串的叨唸又滔滔不絕地自嘴裡滑出，完全沒讓季如繪有搭話的餘地。

「阿離……」季如繪好無奈，但也只能繼續無奈。

「到了！幸好幸好，管事還沒到。我們快入列！」阿離欣喜地大叫一聲，回頭用力拍了拍季如繪的肩膀。

季如繪差點被一掌給拍趴到地上，痛得咬牙想罵人，但又無奈知道阿離是無心的，事實上，打從她來到盛蓮以來，要不是處處有阿離的幫助與保護，她可能早已經病死或餓死了。

「妳就不能輕點嗎？」她只能喃喃抱怨。

「哎，這裡有位置，快過來排好。這裡涼，沒日頭，妳快來。」阿離見季如繪臉色很臭，陪笑說道。

季如繪揉著肩膀走過去。看著在場的所有人都緊張地扯著身上已經夠平整的衣服，拍著身上幾乎看不到的灰塵。她們身上穿的是皇宮奴役裡粗使丫頭的制服，布料不怎麼樣，款式也是所有佣僕裡最難看的一種——灰色粗麻上衣、灰黑色下裳，腳上一雙麻草編成的草鞋。以季如繪的眼光來看，其造型就跟一隻灰不溜丟的老鼠差不多。但她同時也知道，這樣的待遇，相較於之前的破破爛爛、髒污不堪，已經是這些人想都不敢想的天堂了。

這是新的衣服！沒有補丁、沒有臭味，是個人所獨有的私財，不必與任何人共有；每天都可以洗澡、每天都可以吃得很飽，再不必從早賣苦力到晚，只要工作到一個段落，是可以休息的……

天堂啊！

阿離與其他人在第一天享受到這種待遇時，全都忍不住淚流滿面。她們說這是她們夢想中的天堂，神仙也不過如此了！

所有人都明裡暗裡地發誓——再不要被送回去！再不要回到那個地獄！

所以她們拼命四處去打聽，想知道為什麼她們這三十個人突然被老天眷顧，被挑來皇宮裡？在打聽了十天之後，她們七拼八湊的，也多少有了一些結論——

據說這次破格將她們這群奴隸挑進皇宮內部，是因為皇僕所內部爭權惡鬥，鬥得太過

頭，居然連在皇家主子面前服侍時，仍然藉機互扯後腿，沒有任何節制，這樣失儀失職的事，還不止一次，接二連三的發生，雖然有些郡主、公子為此向皇帝抱怨，但生性溫和的皇帝也只是口頭上跟對立兩方的侍從們說了幾句，就當沒事了。

但怎麼可能會沒事呢？情況自是愈來愈惡化，後來還是只能仰仗盛蓮實際掌權者——頌蓮王，將這件事徹底解決。聽說那些不長眼的奴才在頌蓮王面前犯了不可饒恕的錯誤，加上那時頌蓮王正被別的事惹毛，更是火上加火，一怒之下全都鞭數十、流放殘蓮島，終生不得回轉！

在這樣雷厲風行的整治下，整個皇宮少了將近四分之一的佣僕，皇宮的勞動人手霎時出現了個大缺口，即使已經從高侍學院調派了一些正要結業的學員進來，但仍是不敷使用，尤其是粗使的更缺。

宮務總管在想無可想之下，只好聽從下屬的建議，從皇宮後方的工役房裡，挑幾個能用的出來頂一陣子。這些工役們雖說做不了什麼細緻的活兒，其長相也粗劣不堪，但讓她們負責一些粗活倒是沒什麼問題，反正也不會讓她們走出佣僕活動的地點，就不怕讓金尊玉貴的主人們給看著嚇著了。

原本只打算挑十個能用的人過來，不過因為下個月將會舉辦幾場盛大的國宴，到時皇宮

裡客人多、事情多，自然得多選一些人手過來做粗活，反正等一切忙完，再將二十個人送回去也不遲。

因為日後將要淘汰二十個不適用的人回去，這讓每個渴盼保有這種神仙般生活的人心中緊張害怕不已，做起事來總是盡力賣力，不管誰來指使做事，都一定乖乖做完，把宮僕奉為主子，不敢有任何抵抗的念頭。

「季，妳看！管事過來了……啊！那是幽娘，有兩個幽娘！」阿離大驚小怪地呼了聲，但很快摀住自己的嘴。

「什麼幽娘？」季如繪疑惑地問，跟著看過去。見到兩名走在女管事前方的女子，樣子白白胖胖的，身上穿著宮官的朝服，看起來地位比較高，應該是兩名女官才是，怎麼會叫幽娘？莫非她們兩人的名字相同？

咦……幽娘？好耳熟啊，之前好像聽過……啊！是了，阿離曾經跟她說過她進宮時，身上換來的衣服就是被幽娘拿走了！

「阿離，這兩個人，是誰拿走我的衣物？」季如繪急切地問著。

「什麼衣物？」阿離不明白地問。

「妳之前不是告訴過我，我原本穿的那身衣服被幽娘拿走了？是哪一個？」

阿離這才恍然，接著又露出了讓季如繪很不舒服的憐憫表情，道：

「季，妳不會以為『幽娘』這兩個字，是誰的名字吧？」

「不是嗎？」季如繪無奈地接口問，明白自己一定是搞錯了，但又不得不問，畢竟自己真的不懂。

「當然不是！幽娘是宮官名稱，是宮裡權勢很大的僕官，有時候女官還得在得勢的宮娘面前低頭呢！」

「幽娘不就是女官嗎？」

「當然不是！」阿離一副要昏倒的樣子。雖然很好為人師，但這阿季也未免太無知了？連這種基本常識都不懂，明明長著一副聰明相啊！

「都是在皇宮裡服務，又都是女的，還有什麼區別？」

「當然有區別！女官可以結婚生女、白天在皇宮工作，晚上不當值的話，就出宮回家；幽娘就不行，她們是皇宮的高等僕首，一生都要在宮裡老死，一輩子是沒指望的。」

「這又是為什麼？」季如繪聽完後，更覺迷糊了。挫敗地發現自己來到這個奇怪的國家之後，始終處在一種昏昧愚笨的狀態，這真是讓她無法忍受！所以只能盡快搞懂這個奇怪國家的一切「常識」，被笑也認了。

阿離偷偷瞥了眼那幾個不知道為什麼還停在遠處說話沒過來的大人物，抓緊時間對季如繪說明——

「我跟妳說白了，省得妳以後不懂事隨便跟人亂問惹上禍事。」小心湊在她耳邊，低聲道：「季，幽娘就是不能人道的女人，差別就在這裡。」

「不能人道？」季如繪覺得這個用語套在女人身上好怪，一時沒注意這兩個字所代表的意思。

「對，不能人道。她們被賣進宮就受了宮刑，給幽閉了，自然再也不能娶夫生女。明白了嗎？」

什、什麼！季如繪大驚。

宮刑！幽閉！

這可怕的字眼狠狠將季如繪震住，她不可置信地瞪著阿離看，不願相信自己所聽到的！

阿離見季如繪臉色蒼白，原本想探探她的頭的，但因為頂頭上司已過來說話了，她只好趕緊將季如繪拉站在後面，以自己健碩的身影擋住，不讓季如繪蒼白失神的狀態被上頭看到，怕管事一個不高興，立馬將人打發回工場去，那就糟糕了。

宮刑，在君權至上的年代，是僅次於死刑的一種酷刑。

宮刑又叫淫刑，因為這種刑法所殘害的，是人體身上的生殖器。

用於男性的宮刑叫割勢；用於女性的宮刑叫幽閉。

《周禮》裡首見關於宦官的事蹟，於是後人認定西周是閹人進入皇宮服務的開始。

閹人哪……

季如繪煩躁地狂拔腳下的雜草，視一旁的鐮刀如無物，整個人處在大爆發的工作狂狀態。每個人都躲得她遠遠的，連自認是她的好朋友的阿離也沒敢接近。

怎麼會這樣呢？這裡是女權國家啊！雖然聽說現任的皇帝是個男的，但也因為他是男的，所以說白點就是個傀儡皇帝，手上沒半點實權——權威性低到連皇宮裡的僕人都管束不了，才會讓先前的惡鬥鬧得那麼嚴重。

整個國家的實權與決策，都掌握在至高無上、英明神武、萬民景仰的攝政王——頌蓮王蓮瞳手中。以一個女權的國家來說，這是合理的，季如繪覺得理所當然該是這樣。女人當家作主時，哪有男人說話的分？

但是……為什麼堂堂一個女權國家，會有幽娘這種變態的產物出現？始作俑者是誰？究竟是誰造的孽啊?!那些手握大權的女人為什麼會允許這種殘害女性的刑法產生？

太鬱悶了。還沒來得及高興自己來到的地方是女權至上的國家，就為了女宦官這種人的存在而抓狂！難不成她這個大女人主義者被送來這個女人萬歲的鬼地方，就是為了繼續給女人爭取女權……

不，嚴格說來，不是女權，是人權。在男權與女權之前，最先該被維護的，是生身為人最基本的尊嚴與權利！也就是人權。

讓她沮喪的是，來到這樣堪稱是大女人天堂的地方，居然還要為著女權的被壓迫而憂慮不平，實在太荒謬了！

「季，妳動作別那麼大，好像有官大人巡過來了，妳別招人注目。」阿離小聲提醒。像她們這種小人物，在大人物面前，能有多謹慎就該多謹慎，小心才是保平安的最高原則，肯定比那些力求表現的人活得更久。

季如繪手一頓，動作緩慢下來，跟著阿離退到角落最不顯眼的地方。她當然不想就這樣以奴僕的身分被關在皇宮過一生，總有一天她會改變自己處境的，但絕對不會是以招人注目來當做一個開始，那不是一個好方式。

她並不想在皇宮裡招人注意，如果可以，她希望能有幾會出宮，不管是用逃的，還是光明正大地走出去。總之，她對留在皇宮沒有任何想法。所以，依照慣例，她把自己的身影縮在阿離後面，將自己藏得好好的。

今日管事派了十個人過來這一處院落除草翻土，只為了某個皇親興起想在這片荒地種花，要求在三日內整地完畢。

主人雲淡風輕的一個臨時想法，就教下面伺候的人亂成一團，讓管事不知道該從哪支出人手忙這件事。為了下個月的幾件大事，所有佣僕早已忙翻天了，最後想無可想，只好將那些粗奴給派過來。

怕她們這些粗人不懂事衝撞到貴人，出發前管事還再三交代：「實在因為沒有人了，才派妳們到主人的居處幹活，千萬千萬不要做出惹眼的事。若是出了什麼事，會有什麼下場，妳們自己知道。」嘴上撂了狠話還不放心，最後叫了個低階的丫頭過來監工。

本來躲在涼蔭下，對粗奴們指手劃腳過足大管事癮的小丫頭，發現有人朝這邊過來，原本還沒怎麼上心的，不過當她看到走在前面的是身著高等武衛制服的御衛後，叫了一聲，跳了起來，整個人手足無措地抖著，只能呆呆望著那些人，不知道該怎麼辦才好了。

她的位階不夠高，從來沒機會見主子，所以也沒受過正統的拜見禮儀訓練，該說什麼話

？該怎麼行禮？她全都沒譜，最後，總算知道無論如何都該有所表示的，馬上對其他人下令道：

「妳們快過來跪好！快點！快點！」

「陛下，前方的新月小院正在整地，請容屬下先行過去讓那些粗奴迴避……」一名前領御衛停住步伐，望見前方跪成一排的粗奴，轉身對蓮帝稟報著。

「不必了。她們在那邊忙活，擾不著朕。」蓮帝的聲音溫和可親，正如其人溫潤如玉，給人如沐春風的感覺。

一個看不出王霸之氣的帝王，卻正是盛蓮國所需要的，因為他是男帝。

假若他是女帝的話，國民自然會對他有所要求與期待，寄託國強民富的願景——再次聲明，那是說，假如他是女帝的話。

但他不是，他這個現任的皇帝不是女人，是個男人，所以是沒有實權的男帝。

一個溫和沒脾氣的皇帝，顯然是好伺候的。所以御衛才敢在皇帝說完之後，仍然希望可以說服蓮帝改變心意。就見她道：

「請您三思啊，陛下！那些粗奴自是不敢擾著您，但賤民粗陋不堪，看著就是有礙觀

瞻，更別說她們身上恐怕還帶著什麼不乾不淨的病呢！再說，陛下您金尊玉貴，豈是這些賤民有福氣見著的？」

蓮帝被這麼一勸，沒有馬上開口，像是被說得舉棋不定，心中無法做出決定。就在御衛認為自己成功說服皇帝，正在心裡暗自得意之時，皇帝身邊的首席女侍官白琳站出來說話了——

「紀秀嫦，妳哪那麼多話，陛下好不容易病癒，稍微有精神些，想出來隨意走走散散心，妳亂七八糟說些什麼啊！那些粗奴離得那麼遠，不管她們就好了，總之，別再說了！再說下去，我看哪，真正擾了陛下好心情的罪人就是妳了，到時妳就自個兒去刑律司領罰吧！」

「哎！白琳大總管，我的琳皇總管，妳說這什麼話？我這不是一心為主，生怕有個萬一嗎？」原本強勢的御衛當下不敢再多言，陪笑說著。

這個白琳可是號稱全盛蓮皇宮最潑辣的人了！她地位夠高、背景夠好，這還不是最讓人忌憚的，主要是她什麼人也不怕，就算是站在頌蓮王面前，被那兇狠凌厲的目光刺著，只要她沒錯，就不會對頌蓮王彎下腰，甚至敢直接指出頌蓮王做得不對的地方！有好幾次都把頌蓮王惹毛，要不是運氣很好，有蓮帝與頌蓮王君在一旁力保，這白琳早不知道被砍幾次頭了。可就算如此，也沒見白琳收斂，所以這個女人，大家都知道最好少惹。

一個連頌蓮王都不怕的人，不是她們這些小小的武衛惹得起的。所以前領侍衛在陪笑中，訕訕地回過頭，繼續在前方開路，不敢再多言。

蓮帝病了好些日子，今日好不容易能夠起身，聽說新月小院後方的雪櫻已經綻放，滿樹的白花，在微風一吹起時，飄成漫天的花海，景緻美不勝收，於是打算來到雪櫻林裡享用茶點，度過悠閒的午后時光。

白琳扶著蓮帝緩步走著，在經過那些伏跪著的粗奴時，也沒因為嫌髒而加快半分。似乎，還刻意放慢了點……

白琳的目光淡淡掃過十步外跪著的那七個人，然後瞥回蓮帝臉上，暗暗相詢。蓮帝的左手悄悄比出個二，白琳很快心領神會——

左手邊算過來第二個！

就在一行人即將踏上通往後院的櫻林迴廊時，就聽見白琳突然低叫：

「哎啊！我怎麼忘了叫人先到後院將白玉石桌、石椅給搬出來呢？這可怎麼辦才好？」好苦惱地拍了自己腦袋一下，一雙不太大的眼睛對上了前方的紀秀端，眼中充滿鼓勵與期待，很希望「有人」自告奮勇的表情。

這女人不會是想叫她們這些堂堂的御前皇衛去做那等下賤的苦力活吧？開什麼玩笑！憑

什麼她個人犯下的過失，卻要她們皇衛來彌補？這簡直是存心侮辱她們！再說大家分屬不同單位，這女人根本沒資格支使她！

紀秀嫦就算心中恨極，正在肚子裡勤快地問候著白琳的父母，可臉上還是努力擠出和氣生財的笑容，委婉說道：

「我等有公務在身，必須以陛下的安危為重，容不得有任何閃失。這點小活兒，請白總管另遣他人幫忙吧！」打定主意，不管白琳多難纏，她就是拒絕屈服。

「真的沒辦法嗎？只是搬個小東西啊。」

「真的沒辦法。」什麼小東西！三四百斤重的石桌石椅叫小東西？有本事她自己去搬搬看！紀秀嫦在心裡罵。

「虧妳們還是全國武藝最上乘的一流角色呢，居然這樣不濟！」白琳輕哼。

忍住！絕對要忍住！要是中了激將法，不就被她的話套住，最後就算氣得半死，也還是得乖乖去搬！所以紀秀嫦咬住自己舌頭，任白琳去說個夠，反正她是打算裝死到底了。

這個難纏的白琳倒也沒有再接著說什麼——這讓嚴陣以待的紀秀嫦心中不免有些失落。

就見白琳回身看了看隨行的人員，嘆氣道：

「唉，怎麼辦才好呢？我只帶了四個宮男過來，別說他們沒法做粗重工作了，他們手上

可都提著陛下的餐點呢，在陛下未食用之前，是不可以離手或落地的。」又想了一下，眼睛望向不遠處還跪著的那些粗奴，手指一彈！「這可不是現成的人手嗎？」說完，快步走了過去。

「白琳總管！妳別如此莽撞，事關陛下的安全，妳不該——」紀秀嫦要阻止已是來不及，白琳已經跑過去招人過來了。只好苦著臉看向蓮帝：「陛下，您看她……」

「秀嫦，只是讓她們搬重物，無妨的。走吧！」蓮帝臉上還是極之溫和的表情，唇邊甚至勾著一抹笑意，看得出來對白琳根本是毫無節制的縱容。

要不是白琳整整大了蓮帝一截歲數，紀秀嫦差不多要誤會這白琳與蓮帝之間有什麼不可告人的私情了！居然這樣縱容一個下人。

蓮帝確實心情十分之好，眼角瞥見白琳所領過來的人裡，有他要的那一個後，覺得今天的春風特別宜人、天上灰色的流雲特別美、陽光被擋在雲層之後，真是好得不能再好了！

找到妳了，可惡的女人！

說是需要人手搬重物，所以將她們這五個人挑了過來。五人裡，其他四人都跟阿離相同的熊腰虎背、孔武有力，於是季如繪特別單薄的身形就一目了然，引得人人側目。

每個人心裡都在奇怪，為什麼白琳總管會挑了一個瘦小的女人過來？只因為這瘦小得簡直不像個頂天立地女人的傢伙，長得特別好看嗎？可這個好看一點的傢伙，也未免好看得太小爺兒樣了，完全不像盛蓮女人，不高不挺不英氣，雖美，看起來怪。

不過，即使怪，誰也不能否認季如繪是個很出色的美人。

這七天來過著阿離口中的「天堂」生活，每一張曾經髒污不堪的臉都洗淨了、頭髮也往後梳起，紮牢一束在腦後。每個人都清爽地露出原來面目，而季如繪的好容貌便脫穎而出，成為一群粗奴裡的目光焦點。

天生雪白的皮膚，就算在烈日下曝曬到發炎紅腫，也會在幾天後白回原來的模樣。她的五官挺秀端正，配置得剛剛好，不會美得太張揚，但也絕不會在一群美人裡暗淡。她堅毅的性情與疏離的氣質，使得她給人看起來的感覺就是淡淡冷冷的，什麼也沒放在心上，別人對她好或對她壞，似乎都激不起她太大的情緒反應。

季如繪不知道為什麼她會站在這裡，而其他四個人正被人領去搬石桌石椅過來。她就站在蓮帝身側五步遠的地方，沒人交代她做事，把她叫來這裡站著之後，就沒有再指示些什麼了。旁邊的人也似乎都被那個白總管尋了事打發走了，連皇衛都退到一段距離之外。

再怎麼笨的人也知道事有蹊蹺。只是，為什麼？一個如此卑微的奴隸，連被奴僕管事召

見都是不可能的恩寵，怎麼會由著她站在這個國家最尊貴的人面前？怎麼說都沒有道理。

「抬起頭來。」

很溫和的聲音。這是季如繪第一個想法，但那聲音並沒有如願地讓她放鬆戒備，在這樣不尋常的情況下，任何的放鬆都是不應該的。她沒有辦法很肉麻地說出「小人惶恐」、「奴婢不敢瞻仰天顏」之類的話，也不囉嗦，上頭怎麼說，自己就怎麼辦！只要目前還沒改變自己的身分，那她就最好識時務一點。所以在這個男帝說完後，她沒有遲疑地緩緩抬起頭……

雖然不打算與這個尊貴的男人四目相對，但情勢不由人，她一抬頭，便撞入那雙幽黑得不可思議的眼眸裡。

這個男人……

出於從台灣那個時空帶過來的習慣，只要與人面對面相望了，就會忍不住仔細打量起來。

他，是個長得不錯的男人，而且，謝天謝地他很正常！很端正！也許身為國君，就是被要求拋棄掉身為盛蓮國男人的本色，也就造就了季如繪眼中的「正常」，不會有忍不住的噁心感，或一拳揍下去的衝動。

正常的男人，在這裡是珍貴的。季如繪心中對蓮帝的初步看法還不錯。

在這個女人長得像男人，而男人（目前也就那幾個見過的娘娘腔宮男）長得像女人的鬼地方，能見到一個正常的男人真好。

所謂的正常，當然就是沒有撲粉盤花髻、沒有穿得花花綠綠、沒有歪七扭八的坐姿、沒有嬌柔甜美的表情、沒有在喝茶時翹起小指，而那小指還留著很尖、尖到足以當殺人兇器的指甲。

雖然她是強烈的女權主義者，但那並不表示她願意見到男人變得娘娘腔化。

「妳很大膽。」由於季如繪什麼話也不說，就這麼沉默地看著他，於是蓮帝終於再度開口說話。

他與季如繪對望了許久，而且似乎還能對望得更久，久到天黑都行。這是大膽而失禮的舉止，即使是一般的市井良民，若不小心與蓮帝對視，就算曉得這樣是犯了聖顏，也斷然不敢如此放肆地一直凝望下去的。而這個女人，卻硬是不同，不知道是出於無知，還是天生比別人更不馴？

「妳叫什麼？」

「季。」季如繪遵行有問必答的原則，不會沉默，但也絕不多說一個字。

「哪裡生長？」

「不曉得。」季如繪想了半秒，只能這麼回。

「不曉得？為何不曉得？」

看蓮帝的表情，似乎不滿於自己被敷衍呼嚨，可季如繪這樣說也是出於無奈啊。心裡想：若是我跟你說——我來自二十一世紀的地球的亞洲的台灣的台北，難道這樣你就會比較聽得懂?!有時候無知才是一種幸福，她希望這位蓮帝做人要惜福。

「進宮時生了一場大病，什麼都忘了。」

「是這樣嗎？難怪妳如此瘦骨零丁的，現在可大好了？」蓮帝的語氣充滿關懷。

「已經好了。」比起蓮帝聲音的感情豐沛，季如繪的回應其實很殺風景，簡直可以說是冷淡到差不多可以把冬天叫來了。

「妳對人總是這樣嗎？」蓮帝似乎有些不悅了。

「是的。」季如繪的心情也沒有比蓮帝好上多少。

「妳在挑惹朕的怒氣嗎？」口氣維持著溫和，但言語的內容帶著煙硝味。

「您想太多了。」這種白痴對話為什麼沒完沒了？

「妳……」

這人有完沒完！有話可不可以乾脆一點直說啊？

全世界有哪一個皇帝像他這樣拉著一個奴隸閒扯淡的？想要表現出親民愛民的形象不是不可以，但他難道不覺得眼下的觀眾有點少，演起來很沒有效果嗎？季如繪覺得好煩，多希望阿離她們快點回來，讓她可以躲到人群裡消失。這種別人求之而不可得的聖眷，她可是能避就避，一點也不想沾。偏偏命不好，就是被這個嘮嘮叨叨的帝王給「關愛」到了。

正忙著不耐煩的季如繪當然不關心為什麼蓮帝說了一個「妳」之後，就沒下文了。自然，也就不會知道蓮帝平靜的俊臉微微抽搐了下，而且，擱在椅把上的左手手指差點因為太用力而把金剛木製成的椅把給捏碎。

這個女人一點也認不出他，這很正常。

但不正常的是，為什麼她面對可以輕易結束她生命的刺客，與面對能夠賜給她無盡富貴的皇帝都是一樣的態度?!都一樣的不甩不理，冷淡到目中無人！

是誰給了她天大的膽子？

又是誰將她養成這副模樣？

明明只是一個最低賤的奴隸啊！為什麼她硬是跟別人不同？

不同的心思，各自沉默。午后的微風一陣陣吹來，不時將滿樹的雪櫻花瓣給吹起，揚起漫天飛雪，景緻如畫。靜立在花海間的兩人，就站在畫裡，在畫裡被花瓣雨包圍著。

兩人各自沉浸在思緒中，沒有說話，先是帶著點氣怒的，但不多久，心思就被眼前的美景勾走。

置身在這樣夢幻的美景中，才能叫做天堂吧？季如繪來到盛蓮快半年，直到現在才覺得人生沒有那麼絕望，還是有著美好的事會發生的，即使只是瞬間的風景；即使短暫有如眼前這才開了花就要謝去的雪櫻。

「良辰美景奈何天，賞心樂事誰家院……」忍不住就呢喃般的隨口吟出湯顯祖在〈牡丹亭〉裡的名句，吟完，才覺得句子是很美，但卻淒涼，不該在這時候吟的。

聲音很低很小，卻沒想到五步之外的蓮帝卻是聽了個清楚，轉身看她，滿眼訝異，正想說些什麼——

這時，一陣急促的腳步聲向這邊跑了過來，沒等喘過氣，就立即報告道：

「啟稟皇上，頌蓮王駕到！」白琳上氣不接下氣地衝過來報告這個消息。將身後那些終於將白玉石桌石椅搬過來的粗奴們給遠遠撇在後頭不理。

當白琳說完，蓮帝抬頭望向拱門的方向，就見得頌蓮王已經龍行虎步地跨進後院裡來，幾名皇衛都火速迎上去拜見。

「不是說她今日不進宮嗎？」蓮帝低聲問白琳。

原本置身事外的季如繪忍不住對他投過去一瞥。這個男人果然只是這個國家名貴的擺飾，處境大概就跟日本皇室的天皇差不多吧！沒有治國權，但就是得擺著給人看，一舉一動還不能有行差踏錯的時候。

白琳很快低聲回道：

「屬下方才得到消息，聽說半個月前花神醫在前去飛揚國途中，在紅月島一帶失蹤。頌蓮王應是為著這件事前來。」

蓮帝微微點頭，臉上帶著病弱的微笑，迎接頌蓮王的到來。

季如繪現在已經能分得很清楚，這笑，是假的；而這楚楚可憐的模樣，是裝的。

這人活得很辛苦吧？所以說，人活在世上，快樂不快樂，與身分沒有太大關係。一個皇帝當成這樣，也挺悶的吧。

季如繪不知道自己哪裡惹到男帝了，也許是她一臉憐憫的樣子正好被心情不佳的蓮帝逮個正著，而且還過度解讀，逕自在心中產生怨恨，於是決定報復……吧？

總之，就在頌蓮王走過來正要依禮屈腰拜見時，就見蓮帝整個人身子一軟，往季如繪身上倒去──

「陛下！」白琳大叫。

「陛下?!」頌蓮王一個箭步衝過來。

季如繪其實一直很警覺，當蓮帝身形開始搖搖晃晃時，就開始悄悄退開，但也不知道是她退得太慢還是太沒技巧，總之，自己還是成了這個男人的肉墊，被牢牢壓倒在地上。

根據之前不太美好的被壓倒經驗，季如繪知道接下來絕對不會有好事發生。

頌蓮王很快將昏迷的蓮帝抱起，下令道：

「來人！快召太醫！在還沒確定皇上為何昏厥之前，先將這粗奴關入地牢，仔細看守！」

果然沒有好事……

3 找尋回家的路

莫名其妙地被打入牢房，就如莫名其妙地被放出來。

季如繪相信自己已經練就了一身本領，就算泰山真的在她面前崩了，也會覺得沒什麼好訝異的吧。

「可以了吧？」季如繪問。

「就好了。請耐心等候。」冷淡的回應。

季如繪無奈地任由兩名幽娘與兩名宮男幫她打扮穿衣，如果可以，她當然想自己動手，但問題是她完全不會穿盛蓮國的服裝。之前所穿的奴隸破布，與後來改穿的最低等宮奴制服，都是最簡單、最不講究的款式，套上去，綁一綁就算完成。哪知道真正屬於正常盛蓮國人所穿的衣服會講究成這樣？

比起對自己處境的疑惑，被兩個不是女人的女人，與兩個明明是男人，卻更像女人的男

人幫忙穿衣，由著他們在自己身上拉拉扯扯什麼的，實在不算什麼，她已經能夠等閒視之——

雖然說，在這個「等閒視之」的心態尚未養成之前……嗯，也不太久，就是十分鐘左右之前，她在一名宮男的臉上留下拳頭到此一遊的痕跡。

當那個被呼一拳的宮男掩面淚奔後，在所有人目光的譴責下，季如繪才很不適應地想起：這是個女尊男卑的國家啊……而她的正當防衛，在這裡則得改個名字，叫施暴。她對一個摸到她衣服，打算幫她脫掉舊衣的男人施予暴力……

唉！什麼怪世道，她好無奈。

在那一起「施暴」事件後，季如繪只好乖乖地讓四個人幫她著裝，努力說服自己這一切都是合理的。這四個人看得出來都很不情願，畢竟誰也不想去服侍一個地位相當於塵土的奴隸。但因為蓮帝有旨，宣見季如繪，既然宣見，總不能就這樣放季如繪邋遢隨性地出現在尊貴的帝王面前，這是對君王的大不敬，也是侍官們的失職，該做的工作自然就得做。

好不容易，終於將她穿好衣、梳好頭，雖然只是平民文士的打扮，但看起來斯文飄逸，氣質清冷高雅。任誰也想像不出眼前這個舉止文雅的女人，竟是粗陋的奴隸出身。這化腐朽為神奇的成果讓四名幫季如繪打扮的人，都忍不住露出一種自豪的表情。

「跟上。」一名幽娘對季如繪命令著，然後便與另一名幽娘領頭走了。

「還不走嗎？」跟在後頭的兩名宮男冷聲驅趕著。

季如繪看了他們一眼後，沒說什麼，無言地跟上。

這裡的小男人一個比一個嬌弱，簡直比她在台灣看過的小女人還小女人，雖然看著噁心，但又能怎樣？既不能吐又不能打，只好忍了。這裡的男人打不得，在不小心打出一拳之後，季如繪後悔到現在。不管是打男人還是打女人，現在的重點已經不是性別，而是強弱的區別了，如果男人是弱者，那她不管拳頭多癢都不能對他們出手，至於與女人打架嘛……

以前看過幾次女人打架，覺得非常的慘烈，完全不想成為那些女人中的一員。所以縱使她學過一點跆拳道與防身的武術，也從來不打算拿來招乎在別人身上，她個性雖好強，但很少因為血氣方剛而衝動行事——她又不是那個花靈……

咦！等等！對了，花靈！

花靈！她怎麼給忘了?!

那一天，她在那道強光下失去意識時，見到的就是消失中的花靈！如果沒猜錯，很明顯的她就是被波及的人。在一個無關於她的事件中，因為好奇心發作的時機不對，於是落得如此下場，變成現在這個模樣……

如果花尋的任務是將花靈帶到某一個地方——應該就是這裡，盛蓮王國！所以，身為不該出現的路人甲的她，便也一同來了。

那麼，是不是說，倘若她想回到原來的時空，就得找到花靈？就算花靈本身並沒有能力送她回去，至少花靈本身就是一個重要的關鍵?!

一定是這樣！不會有錯！

一股希望從她心中熊熊燃起。她知道接下來要怎麼做了——找到花靈！

「在想什麼？」一隻手指堅定而顯得有些粗魯地將她的下巴抬起。

季如繪這才發現自己正跪在蓮帝面前，已經無心去想這是什麼時候發生的事了，太過專心於自己的發現，也終於覺得人生有了一絲曙光，所以對於現下這個情況，也就沒有太過在意。

「沒想什麼。」她淡淡應道。

「妳的身體如此順從，表情卻是冷淡至極。」蓮帝緩緩說著，發現她想退開，讓自己的下巴脫離他的箝制，但他怎麼可能放過她？反倒抓得更緊了，滿意地看到她臉上露出不耐的情緒。

「不高興了？」

「我說了不高興，你就高興了？」季如繪索性也不掙扎了，左右看了下，發現自己身處於一間類似書房的小房間裡。兩面牆上放滿了書，靠窗的地方放了張舒適的躺椅，躺椅旁邊有張小几，小几上頭有茶水有書本。

「妳究竟知不知道站在妳面前、被妳以跪禮參見的人，是什麼人？」蓮帝收起在別人面前永遠不會消失的溫笑，也收起了別人眼裡所見到的那個病弱的姿態，在她面前，他不想裝，也沒有裝的意義。

「你是盛蓮的皇帝，她們都叫你男帝，也叫你蓮帝。」季如繪老實說出她所知道的。一點也不認為這男人的表現太過奇怪，畢竟她在三日以前從不知道蓮帝是何許人，更不知道他是圓是扁、性情是好是壞。沒有任何既定印象，也就不會因為之前見過一次面，就隨便把第一印象認定為這個男人的本性，將他看作是個溫和軟弱的人。

如果人的性格這麼好認定，人世間就不會有那麼多複雜的事產生了。再說她一向不信任男人，而，從歷代的歷史事件中更可以得知——從來能坐上皇帝大位的人，都不太可能是簡單的角色……當然，亡國之君除外。

「妳不覺得朕現在這個樣子很奇怪嗎？」

「不奇怪。」季如繪有問有答。

「不奇怪？」蓮帝低低一笑，那笑卻沒有進入他冷沉如水的眼底。「因為妳本身就如此奇怪了，也難怪不會對朕有任何疑問。」

她為什麼要對他有任何疑問？季如繪當然不會有疑問，他這個蓮帝若有什麼奇怪不妥當之處，又與她何干？她只是個外人哪。

對，就是個外人，只是個外人。

她承認自己來到盛蓮近半年來，雖然苦頭吃了不少，但卻沒有融入這個國度的感覺，始終以一種旁觀者的心態冷眼看著周遭的種種，所以她雖然跪在蓮帝面前，卻沒有屈辱或怨恨的感覺；而被她跪著的蓮帝，也似乎感受不到一丁點高高在上、萬民臣服的唯我獨尊感。

蓮帝定定望著神思又不知道轉到哪個地方去的季如繪，突然冷不防開口問：

「妳叫什麼名字？」

「季如繪。」季如繪下意識地脫口而出後，才回過神對上了蓮帝正虎視眈眈的黑眸。被這樣的眼睛盯著，像是她有什麼把柄被握住似的，她該怕吧？可又有什麼好怕的？把自己的名字說出來，算得上什麼把柄？真是。

「一個奴隸怎麼會有姓氏？」

「我不是奴隸。」季如繪堅定地說著。

「妳在盛蓮國沒有身分，就是奴隸。所以妳不該有姓氏。朕查過了，妳叫季。」

這樣說也對，一個非法移民人口，自是沒有身分；而在盛蓮國沒有身分的人，就只有一種人，叫奴隸。季如繪想了想，覺得這個推論合理，所以沒有反駁。

「妳將季當成自己的姓氏，取了季如繪這三個字為姓名。想來，正是個不甘於卑賤，企圖與天抗命的人。就算無法改變現況，也乞望能給自己掙些尊嚴。」他終於放開她的下巴，但一雙俊目仍然直視著她的眼，輕輕笑道：「很奇怪。」

奇怪也是正常，季如繪非常能了解他的想法。也知道他會說什麼。本來蓮帝還想繼續往下說的，但看到季如繪一副對他想說的話了然於心的表情……甚至帶著點掩飾不了的不耐煩，好像他的多言有多麼浪費她寶貴時間似的，讓他原本鋪陳好了的滿肚子話，一下子全都說不出口了。

蓮帝小心按捺下火氣，要求自己冷靜。再不說出原本打算說的話了——反正她也不感興趣，說了只會被鄙視。

「朕，需要一個女寵。」

季如繪心想：可不要說我就是你挑中的那個人。

「知道朕的名諱嗎？」蓮帝問道。

當然不知道。反正又叫不得，不只是她，她想全盛蓮的人都不需要知道蓮帝的大名叫什麼吧。

季如繪平靜冷淡的表情終於出現裂縫，這讓蓮帝很滿意。

「朕叫蓮衡，記住了。」

蓮帝知道眼前這個女奴是個極之聰明的人，因為她很快就明白了他的意思，所以表情丕變，甚至有著想反抗的意圖。

想反抗？

如果反抗有用，她就不會是個女奴了。

很明顯的事實不是嗎？她只能接受。

不過……能不能乖乖聽話，就得費上一些心思了。

但這個問題不大，蓮帝有信心能徹底解決這件小事。

每個人都有想得到的東西，身為蓮帝的他也有。而他認為，他絕對有能力給予眼前這名女奴最迫切想要的東西——自由、身分、被承認的姓名，甚至是她所有想要的東西。

滿足一名女奴的願望是件太簡單不過的事了，他絕對能夠做到。

在想了一夜之後，季如繪又來到蓮帝面前。

沒有多說廢話，直接開出條件——

「第一，我要自由。」

「何謂自由？」

「脫離奴籍，在你不需要我之後，讓我離開皇宮。」

果然不出所料，蓮帝在心裡微笑。「可以。」他道。

「第二，我要回家。」但願你有能力辦到。季如繪心想。

「事了之後，朕允妳回家。妳家鄉位於何方？」這個女人的所有資料全然無從查起，在宮奴檔案裡是一片空白。讓蓮帝心中有著一絲絲不確定的陰影，若不是她是眼下唯一能找到的恰當人選，他還真不想選她……更別說兩人還有著一筆私怨未了，他是不會忘記的。

「位於遙遠的天邊。」季如繪想了想，只能這樣說。

「如果不想回答，妳就保持沉默無妨。」蓮帝冷淡道。

季如繪沒有與他抬槓的興趣，接著往下說：

「第三，名義上我可以當你的情人，但也只限於名義上。」

蓮帝有些錯愕地瞪她，這種話由女人的嘴裡講出來，聽起來真的非常突兀，突兀到蓮帝

連生氣的情緒都提不起來，只覺得非常荒謬好笑。這樣的條件，不管怎麼說都該由男人來提吧？畢竟吃虧的一方是男人啊！莫非是……蓮帝突然瞇起眼，冷沉地看她，很輕描淡寫地問：

「妳嫌棄朕不是個美男？」

「你是個美男。」季如繪老實說道。「你是我看過的男人裡最好看的……不過，這跟我們之間的協議有關係嗎？為什麼談到這裡來？」

她的問題，讓蓮帝很難回答。而她肯定地說他是美男的話，也讓他有些不知所措起來。如果她是客套也就算了，但他已經了解這個女人是不跟人客套的，所以聽到她這麼說之後，耳根整個熱了起來，後悔自己為什麼要問。

怪人……算了，她本來就是個怪人，做出再多的怪事也正常。這條件就別再多說下去了。反正她提的，正是他打算的，這樣就好了。

「還有第四嗎？」蓮帝語帶諷刺地問。

「最後，我不會再對你行跪拜禮。」她聲音仍是平和輕淡。

又是一個沒預料到的條件。蓮帝定定望著她，沉聲問：

「因為朕是男帝？」

「因為我不想對任何人跪拜。」

蓮帝哼笑：「想來是這一生跪拜得多了，不想再跪，是吧？」

「不，我從不向任何人跪拜，父母不曾，神鬼亦不曾。至少，在落難於此之前，不曾有過。我不喜歡、不習慣。」

「這樣的胡言亂語，妳以為朕會信？」

誰管你信不信?!季如繪覺得沒必要回應，所以沉默。

「問妳一個問題。」很奇異的，蓮帝雖然還是覺得這個女人很怪、很不可預期，但自己似乎已經對她性格了解了七八分，所以話題也轉得很自然，因為他完全看得出來這女人一點也不在乎他信不信，那他也就無須說出什麼話來對這件事糾纏，徒然浪費彼此時間。「男人掌帝位，妳以為如何？」

「問題不在於性別。」季如繪翻了翻白眼，很不想理會這個男人。

「願聞其詳。」

季如繪吁了口氣，看向他：

「不必了。如果你不懂，那就乖乖當個小皇帝；如果你懂，自然知道該怎麼做。你並不需要我的回答，我也不想矯情地利用慷慨陳詞的機會對你逢迎拍馬，藉此表現出自己的忠心

不二，以及自己『與眾不同』的見解。老實說，多我這樣一個奴隸身分的女人的支持，你的路也不會比較好走一點，你聽了也不會比較受用一點。跟我合作很簡單，只要答應我剛才說的那四個要求，我們就會合作愉快，雖然幹不了什麼大事，但配合你總是不成問題。」

「跟妳談話真是件不愉快的事。」蓮帝很直接地對她說。

「那是說，我可以離開了？」她手一攤，問道。

「如果妳總是對朕如此不耐煩、如此冷淡，誰會相信妳是朕的女寵？」一個總是把皇帝氣得快吐血的女人，怎麼可能有機會受寵?!

古今中外，也不是沒出過變態被虐狂的——季如繪很想這麼說，但她實在很不想再招蓮帝注意了，基於這男人是她目前的希望，所以她願意對他好一點。所以只好道：

「放心，我會扮好自己的角色。」

「如何扮演？橫眉？冷眼？頂嘴？」

季如繪聽完突然臉色一變——彎眉、媚眼、唇勾，整個人突然嬌滴滴的、柔若無骨的，向蓮帝偎了過去。

而，被她突如其來的變化驚得忘了反應的蓮帝，則只能震驚地任由這個在上一刻還冷漠如冰的女人，瞬間變得比小男人還小男人，千嬌百媚地依入自己懷中……

「這樣如何？嗯？」那個「嗯」音，發得有夠媚、有夠嗲、有夠讓人全身寒毛直豎，加上勾誘的眼神一撩，這世上還有誰消受得了？

實在是太……太噁心了……

即使是身為一名胸懷大志的盛蓮蓮帝，有著泰山崩於前而面不改色的功夫，有不下女兒志的心氣，也無法消受這種比「小爺樣」還「小爺樣」的女人，偏偏她這樣的姿態渾然天成，一點也不突兀，像是理所當然地顯現出柔媚的勾人風情，完全沒有任何噁心的自覺……

當蓮帝終於從石化中回神時，第一個動作就是使力將偎入懷中的噁心女人推開！

這一推，還推得真遠，把季如繪給推撞到十步外的躺椅上。

這人的力氣真大！季如繪的手肘不幸撞上堅硬的扶手，痛得咬牙猛吸氣。突然覺得這種暴力的感覺有點熟悉，但一時想不起來是怎樣的熟悉法。

「好了，妳可以走了！」此時蓮帝全身戒備，眼神嫌惡，只想將她打發。

「皇上，你還沒品評我這表現是否符合你的需求呢。」季如繪不急著走，大刺刺地坐在躺椅上，好整以暇地笑看蓮帝。

「妳……下去吧！以後……朕公開了妳的身分後，妳亦無須拋棄妳女人的自尊，刻意做出男兒姿態。」蓮帝憋著氣說道。

「遵旨。」季如繪非常地順從。

「還不退下！」趕人了。

「馬上退下，我走了。」揮手道拜拜，完全沒有古人的自覺，在蓮帝含怒又錯愕的目光下，她走人了。

這男人，居然一副看色狼的表情。不可思議，也突兀得好笑。老實說，即使來到盛蓮這麼久了，她始終處在適應不良的情境中，至今依然覺得這個男人不像男人、女人不像女人的世界，實在存在得太沒有道理。

要是讓她穿越回中國古代，不管哪個朝代，可能不用幾天就適應了，因為對歷史有所了解，對人文變化有心理準備，知道自己該怎麼融入那個世界。但在這個女男地位完全相反的地方，她總是無所適從，扭轉不了自己這二十五、六年來既定的認知。雖然滿意於女人當家作主，但又覺得男人那副「相妻教女」、小鳥依人的鬼樣子有夠噁心；更是對於粗重的工作都由女人來做非常不滿意……

算了，不想了。再想下去，就會產生思想上的衝突，現在這樣的處境，她沒力氣去想那些東西，反正也沒有研討會或論文等她去發表女權的看法。所以多想無益，暫且都先拋一邊去吧！

當了皇帝的女寵，是件很嚴重的事嗎？

也許很嚴重吧。當了蓮帝公開的女寵四個多月的季如繪想。

在公開之前，他們用了兩個月的時間，讓兩個人努力培養默契，而她也加緊腳步學習盛蓮上流社會的禮儀與各種制度官名，好隨著蓮帝參加各式宴會。

她的那些同事——也就是一同從奴隸營出來的女奴們，甫一聽聞這個消息時，投向她的眼光是極度的不可置信，然後是漫天漫地的羡慕與嫉妒，有的人甚至承受不了地暈了過去，天崩了也沒這麼震撼。

畢竟對她們這樣身分的人來說，若是有機會成為哪個貴人的家僕，讓主人給賜了「白」姓，便已是異想天開的美夢了；然而季如繪的際遇之美之好，已經超越了她們所能想像的極致，再給她們三顆腦袋也想不出這樣的事會發生。這已經不叫異想天開，怕是上天開了九重門，也不可能會發生的事啊。

天啊！成為男帝的身邊人，成為男帝最親密的女人！不是當男帝的僕人哦，而是與男帝同床同食同進同出，身邊有成群的僕人給她使喚，甚至那些天神一般的宮內女官們見著了

她，也得客氣三分，好聲好氣地問好呢！

太可怕了，一個奴隸怎麼會有這樣的好運？簡直就像凡人無端端成為天神那樣的不可思議！

季如繪的幸運，給那些本來只要每餐都能吃飽喝足就覺得人生無憾的女奴們絕大的希望，認為自己應該好好力求表現，相信總有一天努力會得到回報，她們將可以脫離無姓女奴的身分，成為「白」姓有主之僕！

有夢最美，希望相隨啊！季如繪就是她們的榜樣。

不過，在這一小撮人之外，對於這件事的反應可就截然不同了。也是一樣的激烈，但絕對不是嫉妒加羨慕什麼的。那些來自四面八方的批判之聲，口水之多，足以將盛蓮國為數不多的陸地給淹沒三次。

為什麼男帝挑誰不好，居然挑了一個女奴當女寵？這不是在作踐自己嗎？

雖然女寵這樣折辱女人的身分，一般有骨氣的女人都不會接受，但男帝也不至於自暴自棄到居然去挑一名比牲畜還不如的奴隸當女寵吧?!這算什麼?!

這是個醜聞！不能公開的醜聞！

所以男帝有個奴隸女寵的事，被朝官宮官們給遮掩得嚴實，絕對不允許流傳到民間去！

這件事自然很快上報到頌蓮王，以及內大臣大司徒富天虹耳中，貴族百官們無不希望這兩名盛蓮的實權人物站出來，好好規勸行事出格的男帝，希望他懸崖勒馬，及時回頭，切勿自誤。

有人說，這是男帝對於頌蓮王擅自決定要求他點頭同意婚配飛揚國長公主的反擊；也有人認為，男帝此舉，是因為半年前新科探花孫元芳拒絕入宮當他的女寵，他惱羞成怒，自暴自棄，隨便找了個最低賤的賤民來讓皇室難堪。

是個賤民還不是最糟的，據知道宮裡內情的人說，這名賤民根本不是個美女，又瘦又小，還長得比男人還男人，站在男帝身邊，高矮之差距簡直讓人不忍卒睹。

男帝本來就長得偏高了點，甚至比頌蓮王還高上一些，偏偏找了個這輩子像是從來沒吃飽過的嬌小矮子當女寵，這像什麼話！就算是賭氣也不是這樣個賭法不是！

無知啊，無知；幼稚啊，幼稚。男人就只有這麼點心胸了！難怪成不了大器、做不了大事。即使臣民對男帝的要求並不高，完全不期待他做出什麼事業，但總要識大體吧？意氣用事豈是一國之君所當為？即使不是一國之君，身為尊貴的皇室王子，怎麼能夠做出這種有失體統的事？

只不過是小小的感情挫折，居然就使性子了?! 雖然年輕無知，但也不可原諒！她們一定

要極力阻止男帝做出有損國格的舉止！至於那個女奴……看著吧，頌蓮王不會放過她的，甚至是向來都站在蓮帝這一方、與頌蓮王對立的大司徒富天虹，也不會放過她的！

不過，即使文武百官反對得這麼堅定，這四個月來，季如繪還是穩穩坐在皇帝女寵的寶座上，沒有被拉下來。

不得不說這除了蓮帝的力挺外，那個握有實權的頌蓮王此時沒空料理她也是一個至大的原因──聽說這半年來頌蓮王府裡發生了非常多重大事件，鬧得全京島沸沸揚揚，似乎與大司徒富天虹鬥了個不亦樂乎的同時，還招惹了盛蓮國師家族一家子，然後，與他的王君又出了大問題……總之，沒空理會皇室醜聞。

少了當權人物關注，事情就不可能真鬧到多大。

而，百官的反應有多激烈，身為小小女寵的季如繪是不知道。不過在近兩三個月裡，季如繪不止可以從女官、宮男幽女們對她的眼光與態度裡知道了這裡的人對於她這個「皇帝的女寵」的看法；陪了男帝參與過幾次宴會，從那些官員臉上的不屑不解，甚至拒絕正眼看她，更可以明白自己的處境。女寵，雖不是個什麼光彩的工作，每一個有理想有骨氣的女人都不屑為之。不過對於她這種身分的人來說，還是沒資格去當皇帝的女寵的。

在同意當蓮帝的女寵的第二日，她就搬進了蓮帝寢宮最左的一間偏室裡，待遇還不錯，

配給了一名幽娘、兩名宮男打理她的日常生活。每天還有兩名司禮處的女官過來給她上課，讓她在最快的時間之內學會皇室禮儀，了解盛蓮國史以及現在的民生狀況，以及自己的地位與所該遵守的規矩。滿枯燥的上課，不過正是季如繪此刻最迫切需要知道的，所以每天從早被拼命填鴨到晚，也沒打過一次瞌睡。對她來說，盛蓮國的歷史與地理是她最迫切想知道的，當她知道這是一個建立在水面上的國家、交通工具是船時，就非常遺憾自己沒有機會出宮，去好好體會水鄉澤國的感覺。

而，從盛蓮國史上知道，千年以來，只出過三個男帝，而男帝在未大婚之前，被允許擁有一名女寵。這名女寵，既是床伴亦是近侍，在男帝成婚之後，就必須消失——或許被藏起來，或許被賜死。總之，是不能光明正大存在的。以盛蓮國對男人貞操的重視來說，國人允許男帝擁有一個情人，實在很奇怪。但事實就是：它被允許。

搞不懂的事，就別想了。季如繪在吃過好奇心太重的大虧之後，已經學會不要對那些與自己無關的事想太多。

眼下她只想回到她原來的世界。至於盛蓮國這裡的種種，她寧願是一場夢，既然是夢，醒來就是個空，不必放在心上。

「不合胃口？」蓮帝問著。

每日中午，蓮帝享用茶點時，都會召季如繪陪侍。既然點她當了女寵，總要有個寵樣，再忙也得抽出時間，做出個沉迷男歡女愛的姿態，不然豈不讓世人看了失望。久而久之，這件原本覺得索然無味的事，居然也教他習慣了。

「不是。我不太餓。」如今身分確立——蓮帝是她的上司，她也有心做好當人員工的本分。可對著滿桌的食物，就是做不出餓虎撲羊的姿態以娛上司。

「蓮宮廷點心都不能讓妳開胃，難怪妳瘦。以前還道妳這般瘦是因為從未好好吃飽過，但這半年來的調養，也未見妳多長些肉，就不知是什麼原因了。」蓮帝優雅地端起一杯香濃撲鼻的百蓮茶，輕輕品啜，然後放下。

「我這不算瘦，標準而已。」季如繪放下手中的筷子，對滿桌子的點心胃口全無，甚至是名貴的蓮子茶，都覺得太膩嘴了些。

實在說，雖然飲食上比在當奴隸時好上太多，但她還是覺得不對味。綜合這些日子以來的感想——如果皇帝百官吃的就是這樣，那她可以肯定盛蓮國是一個沒有美食的國度。

「標準？妳真敢說。」蓮帝已經能對她毫無來由的自信免疫了。「這麼矮、這麼弱小，卻一副理直氣壯的樣子……」

季如繪當然知道比起盛蓮國男男女女平均一七〇以上的身高，自己才一六二是矮了些，

但放在她所生長的台灣，算是理想了。站在這些高人一等的人面前，也不打算自卑。

「如果不知道妳奴隸出身，看了妳的舉止，恐怕會認為妳是個富貴人家出身的小姐吧。」

「如果真被這樣錯看，就證明他們的眼光太差。」季如繪喝完杯中的百蓮茶，看一旁的幽娘正要過來將她茶杯滿上，輕輕將杯蓋蓋上，對那名幽娘道：「麻煩給我清水就好。」

幽娘點頭，退下取清水去。

蓮帝靜靜看著，也沒說什麼。這個女人渾身上下沒丁點讓人舒服的地方，唯一可取的是讓他自在。長得是不錯，但沒有女子氣概，太男氣了——柳眉、杏眼、瓊鼻、櫻唇，加上凝脂般的膚色與纖細嬌小的體形，簡直可說是生錯了性別！

老實說，這幾十年來，盛蓮的男性身高一直有所增長，如今要找出幾個嬌小的，還真不容易。所以相較之下，像季如繪這樣手無縛雞之力的女人，也實在罕見了。如果她是一般的平民百姓，怕是也娶不到丈夫的吧?!

男氣還不打緊，居然還一副理所當然的樣子，面對別人鄙視的目光，仍能坦然以對，這是什麼道理？

蓮帝對自己很有自知之明，他不符合盛蓮對美男子長相的期待，氣質也顯得英氣，即使盡量地以溫和表象示人，也無法給人柔情似水的感受。何況他長得太高，許多女人都不希望

以仰視的角度面對她們的男人，這也讓頌蓮王與臣下們對他的婚事操心，皇族裡的長輩們至今仍對於上任蓮帝讓他學武強身一事充滿抱怨。說是他學了一身武藝，身子也沒見多強健，還不是三天兩頭的生些小病，倒是身高體形長得太過了，哪個女人敢娶？

想想也真是好笑，他太高太健碩；而身為女寵的她太小太弱，簡直是兩個極端，難怪別人難以接受，無論如何都想阻止……

蓮帝知道，自己並不喜歡這個女人。甚至初時見著她，還帶著深深的厭惡。但隨著每日的見面，這個女人凡事不在乎的勁兒、不將任何人看在眼底的狂妄，對他如此，對百官的挑釁亦是相同的一視同仁。在她的眼中，沒有什麼人是特別的，這讓他心底冒著火氣的同時，也有一種放鬆的感受，所以他能自在。

為了這分自在，他願意每日每日看到她，願意容忍偶爾被她的出言不遜惹毛而不追究。有時連他自己也不明白為何會如此，但卻也不願多想。

這女人對於他的用處真的很小很小，除了當個掛名女寵，偶爾站在百官面前被冷言冷語地指指點點外，也成不了什麼大事。她也並不忠心於他，所以真有什麼能力，也不會對他效忠。但至少，也沒有扯後腿的打算就是了。

一副看戲的模樣，置身事外，萬事不沾。

有時還真恨她這樣的悠閒，而他卻過得如此艱難……

「明日，跟朕出宮吧。」在心中考慮了一會，他突然開口道。

「出宮？」季如繪一怔。眼睛一亮，很快地點頭，甚至大方地給了蓮帝一抹燦然的笑：「我一直想出去看看。謝謝你。」

這笑令蓮帝有種受寵若驚的感覺。這是很真心的笑，讓蓮帝隱隱有些遲疑，於是脫口問：

「妳不問朕為何出宮？」

「何必問？反正有帶上我就成了。我真的很想出去。」誰管他出去幹嘛？關她這小人物何事？「謝謝，真的。」心情很好，所以又向他道謝。

蓮帝無言。

第一次……

這是這個女人第一次在他面前笑得這樣純粹，沒有諷刺，也不是冷笑假笑。

而且，這是一抹很「小男兒氣」的笑，一點也不英武。

可是，他居然會覺得很……美。

覺得一個又瘦又小、完全不具英武女兒氣概的女人美……真是瘋了！

然而，心，卻悄悄怦動了下。不由自主。

「白琳。」

「屬下在。」

「明日……若有個萬一，記得護住季如繪。」

「陛下?!」白琳為這離譜的要求而徹底錯愕。

「記住了？」沒有解釋，只要求應允。

「屬下遵命。」

4 花靈

「格非，你還在生氣啊？」花靈有些無奈地問著。

「哼。」微微的冷哼。沒把眼光瞅向花靈的苦瓜臉，逕自低頭喝著新鮮的香蓮茶，一副很專注的樣子，彷彿喝茶是全天下最重要的事，其它雜事都不值得放在眼內。

「都已經生氣一路了，給點好臉色，成嗎？」

連哼一聲都懶，直接不理她。

花靈覺得好哀怨……

這裡是盛蓮、是男女角色對調的盛蓮，所以當情人間發生了不愉快時，需要陪笑陪小心的人是她……唉，這到底是提升還是墮落呢？什麼女權當道的國家？當個頭啦！她只有被騙的感覺！

雖然沒人理她，但花靈還是努力解釋，務求把情人按捺好——

「我也知道眼下不是回到京島的好時機，畢竟頌蓮王正派人四處追捕我們，而且花吉莳也一直不死心地在找我，在情勢未明的情況下，貿然回來這裡，無異是自找麻煩。但，我不得不回來啊！而且……」嘆了口氣，嘟囔道：「而且我也說過你不一定要陪我來的嘛……」

「不陪妳來？真不陪妳來的後果，我可承受不起。」李格非橫了她一眼。

上回只是不小心丟失了她，她便落得渾身上下傷痕累累的下場。休養了好久才終於把她的身體給照顧得大好了，可是也才剛剛能跑能跳而已，沒想到她又急巴巴地跑回京島。就算有再怎麼要緊的事得辦，也得先把自己身子養好，身體弄垮了，還想做什麼大事？

「我不是跟你說了嗎？向梅說蓮帝的女寵叫季如繪，這是我同學的名字，我懷疑她就是我同學，我必須親眼證實她究竟是不是，花家的那些事，這次我們就不理會，以後再說吧，我可不打算與她們碰頭。這次我只是來看一眼，只看一眼確認一下，就走了，我保證！」她再三保證。

「是妳同學又如何？不是又如何？老實說吧，花靈。不管是什麼情況，妳都沒有能力貫徹妳的保證。」李格非冷聲道。「正如妳說妳不是盛蓮國的人，但『花承萬代』又證明了妳的先祖其實出自花家。所以花家那些事，不管妳承不承認，花吉莳都不會放過妳，而且我看妳也沒有放下的打算，就算花家那些長老想置妳於死地，妳還是想幫花吉莳，因為妳相信這

是妳會來到盛蓮的主因！」

「話也不是這麼說啊……我是說，如果每個人生到這個世上，都有一些必須做的事的話，那有空的話，加減去完成一下，也沒關係嘛。舉手之勞啊，呵呵呵……」花靈只能乾笑。但仍是不斷重複解釋道：「不過我這次真的只是想看一下那個季如繪而已，不會惹事。真的！」

「見了之後呢？如果是妳同學，妳就跟著她一同回去是嗎？回到妳原來的地方，將這裡的一切都忘掉，妳是希望這樣的，是嗎！」他不喜歡花靈接近花家的人，但更不喜歡見到花靈滿口唸著她那個同學。因為那表示……她想家了，想回家了……

一年多的相處，雖然花靈從來沒有明確地跟他說明自己來自於何方，但李格非是親眼見著她「出現」在盛蓮的，那情況根本無法解釋！後來兩人走到一塊，像情人又像朋友的彼此交心，從她偶爾提起的隻字片語中，知道她來自於一個他完全無法想像的地方——一個不存在於千炫大陸、也是他上天下地去找，也找不到、到不了的地方。

如果花靈回去了，那他即使用十輩子的歲月去尋找，也無法找到她！

因此李格非無法諒解花靈一心想要找到她那個「同學」的行為，那背後意味著他可能會失去她。大多時候粗枝大葉的花靈可能不清楚她自身隱隱的渴望，但他看得很清楚！有時

候，他甚至比花靈還了解她自己。

「格非，我來到盛蓮，遇見了你，就沒想著要回去了。」

「那是因為妳不知道怎麼回去！如果妳知道了，還會說要留下來嗎?!」

「……嗯，我……」她沒想過耶。偷覷情人的黑臉，很快速地訂正：「我會！我會為了你留下來，真的！」

「花、靈，妳當我第一天認識妳？我看妳是之前沒想過，而今發現可能有機會回去，才會不顧危險地一路飛奔回京島，誰也拉不住妳。妳這樣的作為，要我相信妳不想回去？妳以為我會信?!」他咬牙問。

「啊……那個，你別生氣。我當然會想家，但真的從沒想過離開你，真的！」花靈舉起一隻手宣誓著。

「妳有沒有想過，要是妳能離開，也離開了，就可能永遠無法再回來了。這樣，妳也無所謂嗎？」李格非問。

花靈看著他。無言。因為這是她不敢深想的問題，雖然她非常渴望能夠回家，希望能找到回去的路，但不敢想如果不能回來怎麼辦……

在好一陣沉默之後，李格非又開口道：

「這跟我不喜歡妳與花家人接近的心思是想同的——我害怕花家神祕的能力，我怕總有一天那些力量會讓妳消失，永遠的消失。」他輕聲說出了自己一直以來的恐懼。「雖然妳口口聲聲說與花家無關，但妳終究把她們當家人看了。就算花家有一群人正磨刀霍霍等著幸妳，還是阻止不了妳心向著她們。」

「格非，你真的想太多了。我真的只是好奇那個人是不是我同學；我與花家人接近，其實是因為我覺得你們身上的蓮色似乎跟花家有關……具體情況我說不上來，只是一種感覺而已，你不要想太多好不好？」花靈輕聲說著，卻也知道這樣的說法開解不了他什麼。

「只為了確認那人是不是妳同學，所以妳便不顧一切到即使一回來就會被花家的人逮到，妳還是決定回來冒險，這讓我如何相信妳這樣只是出於好奇？」

一回來就會被逮到？這也太誇張了。他有必要對花家人如此有信心嗎？花靈不以為然地道：

「如果那個季如繪真的就是我認得的那個季如繪，那麼我總要知道她為什麼會在這裡吧？還有，你也別想太多啦，哪有那麼厲害，什麼我一回來盛蓮就會被花家人找到？這是不可能的，你不是說花家最近內部整肅中，花吉蒔忙著與那些長老們大鬥法都來不及了，才沒有空理我呢，搞不好等我們確認完畢離開京島之後，她還不知道我們來過京島呢——」

「我知道。」清清冷冷、冰冰涼涼的聲音打一旁傳來。

花靈呆楞了三秒後，跳了半天高，抖著手指指著突然出現在兩步之外的花吉蒔，張口結舌。

嘴吧一張一合，就是沒法立即發出聲音，直到李格非強灌了她一口茶之後，她才有辦法大聲質問──

「花、吉、蒔！妳為什麼在這裡?!妳為什麼可以找到我？我才剛上岸啊！」莫非花吉蒔身上裝了追蹤器什麼的？不然哪那麼神！

花吉蒔沒理會花靈的大驚小怪，正色說：

「跟我走。」

「去哪？」花靈顯然狀況外。

「到頌蓮王府。」

「耶？不會吧！妳還在跟頌蓮王狼狽為奸嗎？」

花吉蒔深吸一口氣，好一會才能平靜說話：「周夜蕭出事了。」

先是胸口的銀蓮顏色漸漸淡去，很緩慢很緩慢地淡去，當它淡到讓人察覺到不對勁時，

問題便已經很嚴重了。

然後，變得渴睡，睡的時間漸長、清醒的時間日少，總是起不了身，無法控制地陷入昏迷中……

花詠靜被譽為全國、甚至是全千炫大陸最好的醫生，但對於這樣前所未見的病情，也是全然的束手無策。畢竟這是從來沒有發生過的事，誰見過男人身上的蓮花褪色呢？不是沒醫治過服用「易蓮」藥的患者，但就是沒見過產生這種現象的。

「到底他的昏迷是來自服用『易蓮』所產生的症狀呢，還是其它我沒發現的病症？而胸口的銀蓮顏色都褪得快要看不見了，是服用過『易蓮』造成的嗎？可不對啊……『易蓮』明明是劇毒，它的發作情況就該是跟周子熙那樣，胸口劇痛、不斷吐黑血，然後經過十幾年，毒走全身後死去才對。為什麼兩兄弟服用了相同的藥，結果卻是不同？」花詠靜苦思不解。

「妳已經診斷了十五天了，總該有個結果了吧？如果妳不知道夜蕭生了什麼病，至少想個辦法讓他醒來，這樣會很難嗎！」頌蓮王再也忍不住地怒問。

「不難，可我說要用痛療法給他下針，強迫他醒過來，妳又不同意。」做人真難，做神醫更難啊。花詠靜在心底嘆息。

頌蓮王聽了更火大，將方才從花詠靜手中搶下的一把長針拿過來，抵在她鼻前質問：

「妳有沒有搞錯?!將這些比筷子還長的針插進夜蕭的身體裡，他還有命醒來嗎?!」

「他當然會醒，痛了就會……」

「再多說一個字，本王就將這三十根針插在妳頭上!」惡狠狠地威脅。

花詠靜想了想，確定自己不喜歡頭上出現三十個血洞，只好住嘴。

「這些針，妳是別想拿回去了。總之，不管如何，本王今日一定要看到夜蕭醒過來!聽到沒有!」

「聽到又怎樣?妳既不讓我多看他胸口一眼，也不給我針治醒他，只會叫叫叫的，難道這樣就能叫到天降神蹟?」花詠靜抱怨。

「妳是神醫，妳就得治好他!」

「那我也叫妳神醫好了，妳來治治看!」

「花詠靜!如果妳治不好夜蕭的話，本王絕對會讓妳陪葬!」蓮瞳吼著。

「……妳是說要讓我與周夜蕭同穴合葬?可我與他不是夫妻耶，這樣於禮不合吧，不過……嗯……」花詠靜想了一下，覺得做人不該太拘泥於小節，於是點頭：「也好。這樣也方便我繼續研究他身上的病，那就合葬好了。」她這個人也是很好商量的。

「妳!」蓮瞳一噎，在氣得差點一掌打斃花詠靜之前，總算及時想起——這個女人就是

這麼脫線、腦袋就是長得與正常人不同。與這種怪胎生氣，只會氣死自己而已！

而且若把這傢伙打死了，那夜蕭的病情還能仰仗誰？

「花詠靜，本王只有一個要求——在今日內讓夜蕭醒過來。他已經昏迷三天了，粒米未進，再這樣下去，他的身子禁不住。妳必須讓他醒來，聽清楚了嗎？」

「我也希望他能醒來啊……」花詠靜白了蓮瞳一眼。「不過妳真的要配合一點，不要把周夜蕭包得那麼緊，我是醫者，要求看病人身上的蓮色變化是正常的，妳總要讓我看個清楚吧？只是看胸膛而已，有什麼大不了的啊！」

天可憐見，在這半個月以來，她雖然被綁在頌蓮王府給周夜蕭治病，天天與病人相對是沒錯，卻因為頌蓮王的規矩多，這不行看、那不准摸的，害她毫無任何實質上的進展。直到三日前，周夜蕭一直沒再醒過來之後，頌蓮王心緒大亂，再也沒敢多有堅持，終於願意讓她看看周夜蕭身上的蓮變情況……可，也就那麼一眼，就閃一下，然後又被蓋得密密實實。花詠靜根本什麼也沒看到！

「花、詠、靜！夜蕭是本王的王君！他的身體不是妳能看的，妳敢再胡言亂語，看本王怎麼治妳！」頌蓮王咬牙怒道。

面對這種不合作的家屬，花詠靜非常無力，正想再努力說服一下，這時就見王府的首席

大總管快速跑進來，步履凌亂、神色緊張。不待頌蓮王責罵，便快速報告道：

「啟稟王，蓮帝陛下微服駕到！請王速至大門接駕！」

蓮瞳一驚！蓮帝怎麼會來?!在飛奔出去接駕之前，她仍不忘警告花詠靜：

「妳盡快讓夜蕭醒來，還有，不許非禮他！」然後示意屋內的四名武衛與四名男侍看好花詠靜。最後還對青華再三叮囑：「別讓王君有一丁點閃失，明白嗎？」

「屬下明白。」青華連忙道。

再度警告地看了花詠靜一眼後，領著一群位階高的家僕飛奔離開，迎接皇帝陛下去也。

從皇宮來到頌蓮王府，中間先是坐轎，然後走了一小段水路，然後上岸，再坐馬車，總共約兩個小時的路程。

這兩個小時裡，季如繪沒空理會周遭人異樣的眼光，忙著睜大眼趴在窗口往外看，全心全意體會著盛蓮國的風光，拒絕所有干擾。

這是她來到盛蓮一年多來，第一次出門！機會實在太難得，她怎麼會有空理會別人的側目？連蓮帝試圖與她閒談時，她也只是隨意哼哼啊啊的不知所云吭個聲應付過去。總之，誰也不能打擾她寶貴的放風時間！

直到這時，她才有真正來到盛蓮國的感覺。以前只是知道自己來到了個奇特的時空，但因為活動的地點侷限於皇宮深處，所以沒有太深的體會，即使熟讀了盛蓮國史與盛蓮地理志也一樣的沒有真實感。

這個國家……由數千個大大小小的島嶼組成，疆域範圍三分在陸地上七分在湖水裡，說是建立在水上的國家不為過。所以交通工具是船，大部分的人都居住在船上，而居住在陸地上的，通常是小康以上的人家，沒錢可住不起昂貴的陸地。

皇城所在的京島——據季如繪的換算，大概有半個台灣大吧！這已經是盛蓮國最大的一塊陸地了。能在這裡居住的，都是皇親貴族、高官巨富等有身分的人！所以一路行來，看到的都是繁華至極的景象——沿途馬路平整乾淨、水道清澈得幾能見底，河道兩旁植滿了蓮花，景緻宜人，讓人舒心不已。

而頌蓮王府建築之宏偉，其氣勢之強大，簡直能與皇宮比肩，這讓季如繪無言了好久。終於，她忍不住指著轎外的高牆飛瓦，回頭低聲問蓮衡——

「王府蓋成這樣，會不會太張揚了點？」雖然佔地肯定沒有皇宮大，但從建築的高度來看，絕對是違制了。

蓮帝安坐在皇輦內，優雅地翻看著書，靜待頌蓮王出來迎駕。聽到她的問話，微撇唇

角，沒什麼情緒地道：

「這是我皇母賜給第一任頌蓮王的府邸，她們兩人是姊妹至親，沒有太多計較，就算違制，也是被默許。這府邸已經存在九十年了。」

「可這建築新得很，簡直像這兩年才蓋好，保持得再好，也不可能經過九十年後仍然這麼新——」不對，季如繪突然想到：「九十年？是不是你記錯了？怎麼算也不該是九十年。」這一任的頌蓮王是第二世，母女兩代傳下來，這個數字就不對勁了，她見過頌蓮王幾次，那個強悍的攝政王的年紀絕對不超過三十歲！那麼上下兩代加起來，了不起四五十年，怎麼可能會已經九十年？

「朕沒記錯。這座宅邸是我皇母賜給前頌蓮王五十歲的禮物，讓她出宮自立，成家立業。」頓了頓，再看了眼高聳入雲的門牆，接著道：「不過這十幾年來，新任頌蓮王確實對這宅邸大動土木、好生翻修過幾次倒是真的。」

「等等。」季如繪一隻手撫額，腦袋很混亂，不知道該怎麼說。想了好久，終於知道該怎麼問了——「皇帝先生，請問一下，貴國人民的平均壽命多少？」

「嗯？」皇帝先生？這是什麼稱呼？蓮帝被她弄糊塗了。

「我的意思是——盛蓮人通常活多久算是壽終正寢？」

「通常兩百歲吧。若能活上兩百五十歲，則是高壽了。朝廷會加以供養嘉獎。不過上任頌蓮王只活了一百二十歲，算是英年早逝。」

都活了一百二十歲了，還叫英年早逝？難以想像。更離譜的是，一般人都至少活兩百多歲！好長的壽命啊！季如繪徹徹底底咋舌了。

雖然已經在這裡生活一年多了，但暈糊糊的感覺，還是不時地侵襲著她——

穿越時空到異世界，她好不容易面對了。

穿越的地方是個女尊男卑的地方，她目前還在很努力地適應中。

這個女尊男卑的地方，一年有十一個月是宜人的氣候，只有一個月是冬天。雖然奇怪，但她也滿享受這樣的好天氣就是了。

而，如今知道這個世界的人，歲壽長度與她原來的世界大不同，而且還非常的長之後，她便開始懷疑自己穿越之後，到底還在不在地球上了。

「妳怎麼了？」蓮帝疑惑地看著季如繪，發現她今天的狀況很奇怪，臉上表情很多，而且非常憂慮的樣子。完全不像在宮中時，凡事冷淡不在乎的模樣。

「我沒事，只是有一點東西想不清楚。嗯……你能告訴我，你今年幾歲嗎？」雖然很不禮貌，她知道這樣直白的問一個皇帝幾歲是不恰當的，但眼下季如繪也沒心思去找出更適合

的問句。

蓮衡與她相處也不是一天兩天的事了，所以一怔之後，也沒太在意她的失禮。只要沒有旁人近身時，她根本就沒當他是一個高高在上的皇帝，說話從來不附帶敬語的。只是，怎麼會突然想要問他的年紀？

「不能說嗎？」季如繪見他不答，疑問道。

「不，不是不能說。只是，妳為什麼想知道？」

「好奇吧。我原本猜你大概二十歲左右，可現在知道盛蓮國人平均年壽有兩百之後，什麼都再也不敢確定了。」

「二十？」他忍不住摸了摸自己的臉，怎麼也不覺得這張臉會讓人看起來有娃娃臉的錯覺。事實上，他這模樣還顯得太過老成了。「妳在說笑？」

「我看起來很有說笑的心情嗎？」季如繪嘆氣問。

沒有。這女人根本從來不跟人說笑！蓮帝搖搖頭，說道：

「朕今年三十五。」

「怎麼可能！」她瞪大眼。

蓮帝不明白她為什麼會有這樣大的反應，笑了笑，接著道：

「沒錯。朕今年三十五歲。由於在四十歲之前，一定得婚配，而在婚配之前，則必須先納一名女寵，所以朕找上了妳。妳對此一無所知，是嗎？」

「嗯。」她簡單應著。努力消化著一大堆不可思議的訊息。

皇輦外，頌蓮王府的人已經開好大門、長長的大紅毯一路從大門口鋪到了轎前，王府裡的所有家僕已經穿上最正式的衣服，肅立分站紅毯兩旁。當一切接駕步驟準備就緒之後，就見穿戴好朝服的頌蓮王從大門內疾步迎了出來。

「妳還好吧？」在下轎之前，蓮衡回頭望了下季如繪，問著。

季如繪深吸口氣，點頭道：「我很好，謝謝。沒事的。」

蓮衡頓了頓，像是在遲疑些什麼，在欲言又止後，仍是開口說道：

「外頭不比皇宮，妳凡事謹慎些。最好緊跟在白琳身邊，別走散了。」

「我知道了。」雖不明白他為什麼說這些，但她還是應了。沒有提醒他：她這個身為女寵兼女侍的人，出門在外或參加宴會時，若皇帝沒有特別旨意時，本來就只能乖乖待在大總管身邊靜待召喚，什麼地方也不能去，這點規矩她還是懂得的。

「真知道了？」他定定望著她，不滿意她散漫的虛應。

「真的知道。總之，緊跟著白總管，別亂走就是了。我知道的。」他在擔心什麼？對

她，他又有什麼好擔心的？季如繪不解。

「說到要做到。」他點頭，這才放心轉頭面向轎簾，等待下轎。

轎外的皇衛已經將轎簾掀開，恭請蓮帝下轎。

蓮帝深吸了一口氣後，正了正表情，以萬年不變的微笑，下轎，進入頌蓮王府。

「花吉蒔，妳說周夜蕭出事了，是什麼意思？」花靈悶聲問著。

「他身上的『易蓮』之毒似乎開始發作了。目前昏迷不醒，連詠靜也束手無策。」花吉蒔簡單說明。

「啊！」花靈一楞。「『易蓮』……對了，花詠靜曾經告訴我周夜蕭也服用了『易蓮』……原來是真的。」「易蓮」哪……周夜蕭與周子熙兩兄弟的悲劇就從這毒藥開始的，她真不願想起，卻怎麼也躲不掉。

「好了，進去吧！」花吉蒔終於忙完手邊的事，拿出手巾擦手，邊對花靈道。

花靈抗議：

「為什麼要我鑽狗洞?!妳就不能像剛才把我們變來這裡一樣，就把我們變進周夜蕭的房間裡嗎？」

「我沒有胡亂使用靈力的習慣。再者，妳沒有武功，無法飛簷走壁，只好鑽這個小洞進去；還有，這個洞只有詠靜鑽過，沒讓狗鑽過，所以不叫狗洞。」

「好好，不叫狗洞，叫花詠靜洞。總之，我不要鑽！我也不想再進到頌蓮王府！周夜蕭生病了，如果連花詠靜也束手無策的話，妳把我找來是怎樣？妳不會以為我會再想經歷一次同一張臉在我面前死去的感覺吧？告訴妳，我不想看！」花靈飛快閃到李格非身後，不讓花吉蒔有機會將她揪進去。

動作慢了半拍的花吉蒔只能恨恨咬牙道：

「花靈，身為一個女人，躲在男人身後像什麼話，妳羞也不羞！」

「當然不羞！高大強壯的一方保護柔弱可憐的一方，完全的天經地義。」

「妳！這種沒出息的話妳居然也說得出口！真是丟盡全天下女人的臉！」花吉蒔氣結，恨不得立即把花靈抓過來痛扁一頓。「妳給我出來！」

「她不想進去，請妳不要逼她。」李格非一點也不認為花靈這副樣子沒出息，從來也不認為自己身為男人保護花靈有什麼不對。

「李格非，這是女人之間的事，男人不要管，一邊涼快去！」花吉蒔對於花靈選擇李格非這個墨蓮當情人一事，一直非常不諒解。從來也沒怎麼正眼看他，因為她絕對不承認李格

非，身為墨蓮的人，根本沒有資格進花家大門！花靈總有一天會跟他一拍兩散的，等到所有的事都結束了之後，他們就必須分開。

「錯了，我的事就是他的事。他不管的話，我怎麼辦？我們這一生是分不開了，所以我當然就歸他管啦！」花靈不忘趁機討好情人。

「妳！」

「好啦，別妳妳我我的了。如果妳不說清楚為什麼非要我來看周夜蕭的話，我可不要進王府，妳最好相信李格非絕對有能力將我帶離妳遠遠的。」花靈也不廢話其它了，直接回到主題。

憑他？哈！花吉蒔在心中不屑嗤笑。李格非或許孔武有力，身懷高強武藝，但在她面前，這完全算不了什麼，根本不足以做為憑恃。雖然不以為然，但花吉蒔知道眼下不是討論這個無關緊要小事的時候。她正色道：

「花靈，周夜蕭的狀況很特殊，已經不是純粹中『易蓮』的毒可以解釋的了。由於妳身上的血曾經潑灑在他身上，而妳的宗族長之血已經被開啟了，所以花家的咒術只能用妳的血來做引，我、或者詠靜身上的血已經無法用在他身上了。」

「妳是說，妳打算在周夜蕭身上作法，治他的病，需要我貢獻一點血？」花靈打了個冷

顫。半年前那個不愉快的回憶又浮上心頭……
「事情很複雜……但，沒錯，需要妳幫忙的就這樣，取妳身上的血，借用妳身為花家嫡女的血液與能力，其它的，我會完成。」花吉蒔沒有把話說得太清楚，諸多的保留除了內容涉及花家不傳之秘外，其它還有她這些日子研究之後，所產生的一個大膽假設，但還需要證實……
花靈無奈地嘆口氣。又來提起什麼花家嫡女，讓她想推諉都心虛。
「要我的血不是不可以。但妳總該讓我知道妳到底想做什麼吧？妳在周夜蕭身上施法，只是為了醫治他的病嗎？」她其實並不認為花吉蒔是一個善良的人，在這個女人心中，家族的利益為先，外人很難得到她關注的一瞥。
花吉蒔問：
「我說了，妳就肯進去了？」指著狗洞問。
「嗯，我會進去。但不鑽狗洞。」花靈嫌惡地瞪著那個洞。「我家格非輕功很棒，他能帶我進去。」
花吉蒔點點頭。說道：
「我必須治好他，因為頌蓮王承諾如果我治好周夜蕭，她願意不再追究長老綁架周夜蕭

的罪狀，讓我全權處理清理門戶之事，但處理的結果必須讓她滿意。就這樣。好了，進去吧。」

花靈看了看她，咕噥道：

「為什麼我覺得妳說的實話不完整，不會這麼簡單的……」

「走了！」花吉蒔不耐煩催促。

「好啦好啦。」花靈應著，直接跳入李格非懷中，讓他帶著高飛了。

蓮帝突然蒞臨頌蓮王府，說是特地從宮裡取出珍貴藥材，前來探望重病的頌蓮王君。這讓頌蓮王心中無比詫異，無論怎麼說，皇帝都不該因此親自前來，派人將藥材送來即是很高的恩寵了。

何況以蓮帝向來表現出軟弱而不愛理事的性情來說，會主動來到王府見她，實在是件很奇怪的事，非常的不合理。

莫非……

蓮膧不動聲色地看著表情溫文柔和的蓮帝，猜測著如今這樣的情況，皇室還想對她做什麼?而，憑他這樣一個不濟事的男帝，又能對她做什麼?!

若不是這半年來發生了太多事，而夜蕭的身子一日比一日更差，讓她揪心不已，心煩意亂，沒空計量其它事的話，她早該對當年的事做一個反擊了。而今，她的沉默居然讓人認為她這是示弱的表現嗎？未免也把她蓮瞳看得太輕了。

「聽聞姊夫近幾日來都是昏睡不醒，不知如今情況如何了？」蓮帝輕聲詢問著。

「仍無起色。雖請來花神醫日夜照拂，仍找不到能令他醒來的方法。」

蓮帝神色關切，憂慮道：

「怎麼會這樣呢？居然連花神醫也束手無策！難道沒有別的辦法了嗎？」

「臣同時亦延請國師花吉蒔幫忙。如果醫術治不了王君，那就用各種玄異的靈術來治！」

蓮瞳沉聲道。

「朕知道妳心急，但恕朕說句不中聽的話。那些靈異之事，也不過是求個心安罷了，不宜太過迷信。生病仍是得從醫入手，切勿為此耽誤姊夫的病情了。」

蓮瞳拱手稱是：

「臣曉得。所以才讓花神醫日夜駐守王府，不得稍離。至於靈異之事，也是基於寧可信其有的心態而為之，畢竟……」她嘆息：「臣這一生失去的已經太多，再也承受不了失去王夫之痛了。若臣有失當之處，還望陛下見諒。」

蓮帝連忙道：

「哎，說這什麼話。朕也希望姊夫能夠盡快康復，讓姊姊能安心早日回到朝廷，為國效力。唉，這些日子以來，姊姊妳告假，公事堆了滿屋，教朕不知該如何處理，真是頭疼不已。」

蓮膧在心裡冷笑，臉上卻沒任何表情，只一味恭謹道：

「陛下言重了，臣雖告假在家未上朝，但也不至於就讓國家事務停止運轉。有賢明的地官長卿富天虹坐鎮，統領百官，陛下自可高枕無憂。」

「大司徒確是不可多得的人才，然而也僅限於內政上，至於國際往來大事，無論如何都得仰仗姊姊妳了啊……」

王府大廳裡，就見蓮帝與頌蓮王談得融洽投機，枯立在門外靜候的季如繪卻沒有心思仔細聽，趁著這會兒沒事做，逕自想著今日聽到的新奇見聞。

但也沒有想多久，便發現白琳輕輕扯了她衣袖一下。季如繪不解地抬眼看向白琳，正想詢問她有什麼事……

驟變突生！

「啊！」一聲淒厲的尖叫自她身邊響起，在季如繪還沒有反應過來時，便被噴了滿臉的

血！

瞬間，她身邊就倒了五六個皇衛，而她則被白琳給撲倒在地，然後帶著滾向安全的角落！

「有刺客！有刺客！快來人！」有人狂吼尖叫：「保駕！快保駕！」

季如繪終於回過神來，睜開眼，從一片血紅裡看出去，就見得一大群人飛奔過來，與另一群人打成一團！

「妳躲好！別出來！」白琳吩咐完後，就要起身離開——

季如繪抓住她：

「妳去哪？」

「到皇上身邊。」白琳頭也不回地衝過去，搶下一名刺客手中的劍，並將之解決後，便一路殺過去。

季如繪咬咬牙，她恨死了打打殺殺，這輩子也沒真正見到打打殺殺，但眼下這情況，不管她喜不喜歡，又能改變什麼?!

她討厭這情況，她甚至覺得快要吐出來了，可是，躲著並不是辦法！

這裡，這個國家，是個女人應該保護男人的地方！

所以她不能躲！

在這樣混亂的時刻，她腦中居然突然浮起蓮帝下轎前慎重的叮囑。老實說她與他真的稱不上朋友，頂多算是合作夥伴，互取所需那種。

她知道他並不喜歡她，覺得她太高傲。說白了就是──心比天高、身為下賤。低賤的奴隸出身，卻妄想與世上每一個人平起平坐，簡直是不自量力，毫無根據的狂妄！

但，即使如此，即使他認為她不配，卻仍是給了她諸多的尊重，甚至是關懷。可以說全皇宮裡，最容忍她、也能盡量以平視的角度寬待於她的，就蓮衡一人。

是朋友了吧！既是朋友了，就不能坐視朋友陷於險境……

雖然她痛恨血腥暴力，也沒有什麼強大的能力去保護人，若是衝出去了，恐怕濟不了什麼事，徒增傷亡而已……

即使沒想起這個世界女人應該保護男人，就身為朋友這一點，她並沒有別的選擇！

真他媽的！

在心中暴出生平第一句粗口之後，她只覺得全身血液都在逆流，什麼也不能想，從地上撿了兩把刀，衝了出去！

沿途亂砍，她不知道該衝去哪裡，她其實一點目標也沒有，只知道她必須是一個保護

者，不能躲在角落發抖。

一道閃電似的銀色光影猛然從大廳裡殺出，這道閃電衝出來不是為了殺敵，而只是為了殺出一條血路出去！那閃電口中吼著一個名字，絕塵而去！

那是頌蓮王的聲音！

為什流頌蓮王沒有留在大廳裡保駕?!

她走了，那皇帝怎麼辦?!沒有武功的皇帝怎麼辦?!這女人居然就這樣把皇帝放在刺客堆裡跑掉了?!有沒有搞錯！

季如繪在人群裡閃避著刀光，順著頌蓮王開出來的血路衝進去。

她努力在混亂中找尋蓮帝的身影，而當她終於看到蓮帝時，卻是一把大刀正要往他身上砍去！

她想也沒想，將手上的刀射向刺客，並且整個人也向蓮帝撲了過去！

她只記得自己成功將蓮帝撲倒在地，但不確定他有沒有躲過那把刀……

他，還好吧？

這是她昏迷前的唯一掛念。

5 不能發生的事．愛情

京島．花家少為人知的一處隱密別院——

「頌蓮王府的風水一定很不好。」花靈嘆氣。

「妳是指每次來到頌蓮王府，都會遭遇到刺客一事？」李格非問。

花靈點點頭。

李格非唇角可疑地抽了抽，看著花靈不解的表情，還是忍不住促狹道：

「頌蓮王府立府至今九十年，只發生過兩起刺客闖入事件。我想……與其說帶來災難的是風水，倒不如說是人禍所致。」

那個被影射的「人禍」立即不平地揮著小拳頭道：

「喂喂，你客氣點。我哪有啊！」嗯……這個話題不宜深談下去，怕終究得對號入座，所以還是算了。很快地又說道：「也不知道是蓮膧做人太失敗，還是整個王府的守備出現漏

洞，這個王府也太容易任人進進出出了吧？幸好周夜蕭沒事，我們來得及時。要知道，那個時候所有的警備力量全放在前廳護衛皇帝，周夜蕭這邊只有四個武衛守著，要是我們沒趕到，他恐怕就沒命了。」雖然事情已經過了三天，但想起來還是心有餘悸。至今仍搞不懂那些刺客是來刺皇帝的還是為了刺殺周夜蕭？居然兩邊都派了高手行刺。

「說起來，頌蓮王與花吉蒔都該好好感謝你，你一個人力抗六個武功高強的刺客，撐到頌蓮王帶人趕過來，沒讓周夜蕭有絲毫閃失。還好你來了，花吉蒔本來還怨我堅持要帶你一同來呢，這下她沒話說了吧。我家格非果然是盛蓮最強、天下第一！」她雙眼冒著崇拜的心型泡泡，眨啊眨的對情人放射愛的電波。

李格非總是招架不了花靈的甜言蜜語，雖然心中很甜，但又有些不好意思，只好咳了咳，侷促地轉移話題道：

「花靈，妳練功可不要再偷懶了，雖然我能盡量護妳周全，但若妳的身手能更好一些，就不必擔心再有這樣的狀況，妳會被意外傷到……」

花靈最怕聽到練功！女強男弱的國家就是不好在這裡——女人沒有柔弱的權利！簡直太沒天理了！連忙道：

「哎，這個回家再說啦！重點是，我會叫花吉蒔好好地感謝你，這次要是沒有你，我看

頌蓮王一定會瘋掉，所以頌蓮王也該慎重地感謝你。」

「我不需要她們的感謝。」李格非對那兩個女人一點好感也沒有。更沒忘記他與花靈至今仍然被頌蓮王緝捕中，無法正大光明出現在盛蓮國土上。「我插手，只因為妳不希望周夜蕭有事。」

花靈聽了，笑得甜甜的，整個人偎進他寬廣的懷中，正想甜言蜜語、你儂我儂、親親愛愛一番時，虛掩著的房門突然被推開——

「花靈，前兩天，妳說想進皇宮是吧？」花吉蒔一進門就說道。

花靈偷香的動作被打斷，無力地倒在李格非懷中，幽怨看著不速之客：

「妳至少應該敲一下門吧！花吉蒔，妳的禮貌被狗叼走了嗎？堂堂一個國師，身兼禮儀教科書的人，隨隨便便就推門進來，這樣不對吧？」

花吉蒔見花靈抱怨，只好應付一下，抬手在門板上叩叩兩下，算是做足了禮貌，然後進入正題——

「十日後，飛揚國將會派遣使節團過來商討婚事，到時會有盛大的宴會，我也必須列席，到時妳可以跟著我一同進宮。」

「妳要帶我進皇宮？」花靈訝異地問。

「沒錯。妳想進去的，不是嗎？」花吉蒔難得大方。

「我是很想，不過，謝謝，就不麻煩妳了。」花靈揮揮手，平白給人好處的事，是不可能發生在這世上的，尤其不會發生在花吉蒔身上。

花吉蒔一楞，沒想到會被拒絕，更不明白她為什麼要拒絕。

「妳已經不想進去了？」

「我會進去，不過不是跟妳一道。」伸出食指在她面前搖了搖。

「為什麼？難道還有比跟著我進去更安全的方式？」

「跟妳一同進宮當然安全無虞，不過我進宮只是辦點小事，沒打算惹是生非，也不想幫妳什麼忙。所以呢，我會自己想辦法進宮去，妳就忙自個兒的事去吧，不必掛念我這邊了。」

花靈認識這女人也不是一天兩天了。花吉蒔從來不會平白施恩給別人、不會做多餘的事，她冷淡矜貴，缺少熱情，就算如今把花靈當成自家人看待，也一樣不會做沒意義的事——至少，在不知道花靈進宮想做什麼之前，她不會幫她進宮。而花靈從沒跟她提進宮的目的，照正常的情況而言，花吉蒔是不會理會她的。那麼此刻這般熱心，自然就很有問題。

「妳……」花吉蒔有種被看透的難堪。花靈這女人……為什麼能如此大而化之又如此難纏?!「妳以為盛蓮皇宮是能任妳來去的地方嗎？沒有我帶領妳，妳根本沒辦法進宮。」

花靈笑了笑：

「如果皇宮的守備『固若金湯』得猶如頌蓮王府一樣，那我想……悄悄進去一趟、又悄悄地出來，應當不會有太大的問題。」

然後，花吉蒔又被花靈氣走了。

李格非淡淡一笑，問：

「請問妳打算如何進入固若金湯的皇宮？如何做到悄悄地來、悄悄地走？」他武藝雖然不差，卻也從來不敢大言不慚地自認為能任意在皇宮裡進出。所以他不知道花靈這個身手只有三腳貓等級的傢伙，要怎麼做到。

花靈無視李格非的揶揄，笑嘻嘻地以雙臂環住情人的肩膀，大眼睛閃亮亮地看著他：

「格非，你記不記得我半年多前在綠島組了個合唱團？」

李格非自然記得，花靈養病的那半年多來，召集了三四百名墨蓮，教他們唱歌，後來還讓他們組成一個團四處去賣唱。他不解她為何會提到這個：

「那個百人唱歌團？我記得妳四個月前就把他們安排出去賣唱了不是嗎？」

「什麼賣唱！那叫世界巡迴演唱會好不好！在英明的白牧樺大總管領軍、最美聲男高音

青俊的威力下，如今已然轟動了全世界──」

「全世界？」李格非忍不住嗤道：「他們也不過在盛蓮國各島間賣唱──」

「是演唱會！演唱會！」花靈激動抗議。

「好，就演唱會。」天曉得她幹嘛這麼在意。「雖然牧樺報告這個百人唱歌團很受歡迎，在盛蓮國內享有極高的聲譽，邀演名帖如秋風掃落葉般飛來，但妳說轟動什麼全世界，也太誇張了。」

「哪有！兩個月前他們不是帶團去飛揚國的什麼飛神祭典上獻藝過嗎？」

「出國唱了一次，就叫『全世界』了？」李格非笑。

「當然！」就像台灣歌手，在中港台，外加新加坡、馬來西亞幾個地點開個唱，不也號稱「世界巡迴演唱會」?!聽起來好像很偉大的樣子，其實也不過在台灣的周圍轉一下，沒能走出多遠。

「有出過國，就叫全世界，不行嗎？」

「好好，妳高興怎麼叫都成。不過，這與妳進皇宮有何關係？」

說到重點了！花靈眉開眼笑，從袖子中抽出一封信。李格非認出來上頭是自家商號的傳訊標誌，但標誌旁又畫了一朵綠色的花，表示這封傳訊的對象是綠島的主人──花靈。無須經過李格非之手。

「你看。這是白牧樺昨天晚上讓你家野鴻利用『原野暗部』的通訊系統送來的快捷最速件。」

「什麼我家野鴻？花靈，我再一次警告妳——」

「收到收到，大哥，您的警告我有收到。咱接著往下說——你知道嗎？因為上次在飛揚國演唱，被飛揚國的女王褒揚有加，賞賜了一堆東西，還差點把整個合唱團硬留在皇宮裡當她私人御用，還好白總管聰明，溜得快。這件事也傳回國內了，造成很大的矚目。所以這次飛揚國使前來，皇家開宴，召了民間六個表演團體獻藝，自然首先邀請的就是咱們紅遍全世界的『綠島合唱團』！也就是說，想進宮，完全沒有問題！」

嘿嘿嘿，想進盛蓮皇宮很難嗎？不，一點也不難。

清晨的陽光柔柔地照拂在盛開的蓮花園裡，陽光下的蓮花在微風撫弄下，搖曳生姿，景緻動人。

這個國家的蓮花種類有上千種之多，有的蓮花品種甚至可以在陸地上種植。最大朵的蓮花叫皇極蓮，開花時，花朵的直徑可達兩公尺以上；而最小的蓮花則叫做繁星蓮，小到〇．一公分，肉眼幾乎看不清，每一株可同時綻放千朵，數量之多，有如繁星，因此而得名。這

些種種，已經脫出了季如繪以往對蓮花的認知，覺得這個國家真不愧名為盛蓮國，非常的名副其實。

湛藍的天、碧綠的水、粉盈的花，皆帶著透澈的清靈感，美麗而祥和，這是個得天獨厚的國度。她很享受這般的美景，每每置身其中時，都會忍不住興起一種就這樣沉淪下去、失去所有理想也沒有關係的墮落感……

在這個沒有機械與科技帶給人類便利的時代，最大的財富就是乾淨美麗的天空與大地。只有親身經歷過環境破壞所帶來的苦果，才能真正體會眼前一切有多麼珍貴，珍貴到再便利的科技也不能取代。

但願這個時空永遠不會在科技方面進化，或者，等到能完善地保護環境時，再進行科技的研發……雖然很不切實際，但她還是這樣希望著。

這幾天季如繪哪裡也沒有去，常常在御花園的涼蔭處，一坐就是一整天，享受著這些在二十一世紀即使有再多的錢也買不到的自然美景、清新空氣。

她並不覺得來到一個完全沒有科技的時空，有什麼難以忍受的。初時當然會覺得不方便，但人是習慣的動物，久而久之，許多覺得不便的事，也終會適應。當然，她還是懷念有電有自來水有沖水馬桶的生活，但除此之外，盛蓮國的環境優勢，是二十一世紀的地球遠遠

比不上的。

自從捨身救了蓮帝、光榮被抬回皇宮之後，季如繪在宮裡的待遇提昇到簡直可以用「錦衣玉食、後宮任我行」來形容。別人看她的眼光變得柔和，與她接觸時的態度無比客氣。

當她這個「吃軟飯」的女人以事實證明自己也是有女人英武大無畏的本色之後，她便被皇宮上上下下所有女人男人認同了，甚至被一些有「英雌情結」的人崇拜了。當然，這其中不無因為她被皇帝看重感激，從此地位大不相同後，別人趨炎附勢的討好。總之，她這幾天接收到的都是善意的眼光。

季如繪想到今天早上幫她更衣的兩名幽男一反平日冷眼以對，露出那種依稀彷彿是羞答答的神色看她時，就忍不住打起冷顫！當下她簡直可以說是落荒而逃地離開房間，惹得那兩名幽男誤會她是不好意思，正兀自得意偷笑呢！

那兩個死娘娘腔並不知道，當時她費了多大的力氣才控制住自己發癢的拳頭不要往他們臉上呼去！這裡是盛蓮國，這裡是盛蓮國，這裡是盛蓮國……她像唸經一樣的在心裡催眠自己！無論如何，都不敢再對男人動手。

就算是被噁心至死，也不能動手。既然不能動手，總可以躲吧？所以她躲到這裡來，命令所有人都不要跟來，也不要送中午點心過來，她什麼也不想吃！

閉上眼冥想，思緒紛雜不已，許多事愈想愈煩心……突然感覺到身邊有輕悄的動靜，於是睜開眼。這一睜開，便望入了一雙猝不及防的黑眸中，並看到了那雙眸子深處的狠狽與一絲絲來不及收拾的關懷……

是蓮衡。雙手扶著涼被的被角，頓在她的身體上方的蓮衡。

如果她沒張開眼的話，如果蓮衡仍然誤以為她在睡覺養病的話，那麼這件被子就會輕輕蓋在她身上，給她保暖，不讓春日過涼的天候將她吹出病恙。

但是她睜開眼了，所以場面就尷尬了。

季如繪表情既不驚訝也沒多餘的變化，像是再自然而然不過一般，抬手接過涼被，把被子蓋在自己身上，完成蓮衡本來打算做，卻無法完成的事。讓這一切的不正常顯得正常，讓正狼狽萬分的人能夠不著痕跡地脫離尷尬處境。

「怎麼來了？」季如繪直接略過那不該被提起的情景，問道。

「宮醫說妳已經大好了。朕過來看看。」他回道，表情像是鬆了一口氣。

身為一名皇帝，他有太多不能做的事。皇室宮規擺在那兒，行為舉止都有人關注記錄，所以就算心底著急於季如繪身上的傷，卻也不能見她，因為她只是身分低微的女寵；也因為尊貴的皇帝，不能輕易探望病家，怕沾到病氣穢氣，總之，規矩很多，至少可以找出二十條

以上的條款來阻止他靠近生病中的季如繪。

所以這四五天來，只靠白琳兩邊跑，那邊送去皇宮特效藥、這邊向他報告她的最新復原情況的，每日總要來來回回五六趟，累得大呼小叫。雖然聽說沒有大礙了，可總要親眼見過才能放心。

直到今日，宮醫上奏，證明她已安好。傷口癒合快速、沒有發燒、沒有感染；她所居住的小偏殿、所使用的衣物用品，全都清洗過，而她本人，也從頭到腳沐浴乾淨，甚至也舉行過驅穢除病儀式，一切都完成後，他才能過來找她。

「妳看起來氣色不錯。」他看著她的臉，被陽光充分滋潤的面孔，有著白裡透紅的水嫩感，像是清晨初綻的水蓮，有著美麗的色澤。

「當然不錯。只是被割了一小道傷口，實在算不上什麼。這種小傷，硬是躺在床上四天，也實在是小題大作了。」

「妳身中劇毒，雖是小小的傷口，也足以使妳致命。」

「可是並沒有不是嗎？皇宮神奇的解毒藥將我救回來了。」

「妳連對待自己的性命都如此冷淡。」蓮衡輕道。

「也不是，誰不怕死？我自然也怕。我只是比較實際，總之是活著了，那其它也就沒什

麼好想的了。」

雖然那時候她以為自己會沒命，因為她明明看到刺客的刀光向她身上砍來，而且她脖子冷颼颼地寒毛全立起來，那是一種戰慄的本能，知道那把大刀原本該是把她脖子砍斷，但不知道為什麼居然不是那樣的結局。反而只是肩膀被小小的劃過一刀，然後，刀上有毒，她很快被毒暈，而刺客聽說全死了。

「對於那些刺客的來處，有沒有查出一點眉目了？」她突然問。

「……還在查。這件事交由頌蓮王全權處理，她會給朕一個滿意的交代。」微乎其微地沉吟了下，說道。

她接著問：

「你常遇到這種事嗎？」

「不常。」蓮衡笑了笑。

「可你看起來很鎮定，像是沒怎麼放在心上的樣子。」季如繪道。

「朕必須如此表現。」蓮衡看著她，又道：「不是不怕，也不是不生氣，但朕必須以平和的面貌示人。因為朕是男帝，有時候，男帝比女帝還來得難做……不提這個了。聽說妳不讓人在近旁服侍？」他問。同時也看了下四周，除了她手上抓著的一本書外，找不到茶水點

心的影子。

「沒必要，我不喜歡被人盯著看。」

蓮衡聽了，沒表示什麼。舉起左手示意，靜候在不遠處的宮侍們立即將茶水點心擺上，擺滿了三個白玉石桌的各色點心與各式的茶水後，又靜靜退下了。望見季如繪以疑惑的目光看看他又看看滿桌的點心茶水，解釋道：

「知道妳挑食，所以讓人每一種口味都備齊。這些都是朕比較常吃的幾樣，十種花茶、三種水酒、三十種甜的鹹的糕點。妳不妨都嚐嚐看，多少吃一些。」

季如繪想了一下，道：

「蓮衡，那天的事，你不用太放在心上，也不要覺得虧欠了我什麼，而努力想要補償我。」

蓮衡將一杯茶塞進她手中，才以特別冷淡的聲音道：

「是，朕確實不該放在心上。畢竟那日……撲在朕身前擋刀子的，不止妳一個……而本來，妳們也該這麼做……朕又何必掛念、何必擔心？朕是男帝，不該有任何的柔軟感情，可以撫恤厚賞，就是不該憂心掛念。」

這男人唇邊還殘留著一抹習慣掛著的笑意，而眼神也直接露出冷絕譏誚的情緒，可這樣

的臉色組合起來，卻奇異地讓人解讀到逞強與脆弱……即使是自詡冷血、打算冷眼旁觀盛蓮人的種種而不涉入的季如繪，也還是在這麼長一段時間的相處之後，對這個高高在上卻又高處不勝寒的男人有了一絲絲心軟的情緒……

不管怎麼說，她已經把他當成朋友了。雖然自己並不願意這樣，但卻也控制不了。來到這個國度一年多，即使想要片葉不沾身，也終究還是留下了牽念，對她很好的離——如今終於如願以償被賜了白姓，歸入白琳總管的體系，被白琳認做義女，日子過得很是順心如意；除了白離之外，被她掛心的，就只有眼前這個男人了。

她這一生朋友並不多，主要是從來不會主動與人結交，也不是討喜的個性。能與她成為朋友的，通常都是在別人對她付出許多之後，讓她再怎麼不希望、不情願，終究也只能兩肋插刀以報。

「你在生氣嗎？蓮衡。」她輕問。

「朕沒有生氣。」他甚至能擺出慣常的笑容以對。

「其實我覺得你一直在生我的氣。」季如繪若有所思道。「從一開始認識你，就有這種奇怪的感覺。雖然你對我不錯，但其實你並不喜歡我吧？選我當女寵，若說有一半出自於不得已，那另一半則是出於對我的厭惡是吧？雖然我並不知道這是為什麼。」

蓮衡聞言一震，定定地望著她，眼中閃過一些無法捉摸的複雜情緒，對她的審視也凌厲了起來。

「妳……」在她眼中，他竟如此容易看穿嗎！

「其實我不應該對你坦白的。」她笑了笑。「賣弄聰明的人總是活不久。」

「那妳——」

「別忙了。既想消除我對你的『誤會』，又想知道我為什麼有這種感覺，好讓你可以調整，這兩樣的說詞是相違逆的，你還是別忙了，聽我說就好。」她眼神雖淡淡的沒有太多熱情，但看向他的眼光是寬容的。

不是她說的話讓他無言，而是這樣的眼光，撫平了他所有的焦躁與緊張，讓他知道：這個女人，不會害他，不會威脅他。她頂多像以前一樣，什麼也不管，冷眼旁觀，就是不會站在與他對立的彼方，成為他的心頭大患。

「也許我曾經在自己也不知道的情況下惹怒過你吧。不過這事就算了，不提，反正我也不好奇。你可以繼續生氣下去，我不管你。」從來被她惹毛過的人就沒少過，她也習慣了，沒有追究的興趣。她接著道：「雖然你對我生氣，但卻也從來沒有真正讓我難堪過。我知道以一個帝王而言，對我如此屈尊是不可思議的，由著我不跪拜、由著我言語不恭。你對我如

此寬容，我卻從沒有對你的寬懷大量感恩戴德過，我很狂妄是吧？」

「與其說狂妄，倒不如說是不在乎，連自己的性命也不在乎。」他不帶情緒地道，精神與身體都處於戒備狀態，以隨時應付她如此開誠布公之後的底牌——她到底想幹什麼？

「好了，不談這個。」她轉回正題：「我知道你的處境很艱難，你有理想志氣，想要改變眼前的一切，想要真正掌握自己的人生。在你心中，頌蓮王是你最大的威脅，可我覺得，你的威脅應該不止於此。有時候，明擺著的敵人不可怕，可怕的是那些被你忽略、定為暫時不必擔心的人。」

「妳在說什麼！」他彷若不解，心中卻波濤不止。

「如果不是覺得事情不對勁，怕你輕忽以待，我幹嘛在今天自找死路？」季如繪笑著自嘲。

「妳只是在胡亂臆測，妳說的話，朕聽不懂。」他瞪視她。

「蓮衡，你真的太孤立無援了。」她嘆。

他是不是一個有作為的國君，她不知道，因為整個盛蓮國的人都不打算給他機會證明。而，她，身為一個忠實的女權主義信徒，原本該安然享受這個女尊至上的世界，把男人艱難的處境視為大快人心的笑話欣賞，但她卻做不到。

當這個男人可能參與計畫了一場刺殺，卻又無法真正對她下殺手，把她當成皇宮這邊的犧牲品，藉此打消別人懷疑時，她就再也做不到了……

「其實你應該讓我死掉的。這樣的話，對你比較好。帝王可以有許多美德，但絕對不應該心軟，對自己或對別人心軟，通常都只會導至失敗的下場。」看吧，對她心軟之後，頌蓮王的懷疑名單裡，少不了把他列為頭幾名對待。後患無窮啊！

「季如繪！妳在胡說什麼！停止妳的胡言亂語！朕命令妳——」蓮衡突然覺得忿怒，以從來沒有過的疾言厲色面對她。

「蓮衡，也許我真的在胡言亂語。那你姑且就當作聽笑話好了，我也希望它可以被當成笑話，但就怕不是。」

她見他激動得坐不住，已經快要引起遠處侍僕們的注意了，只好起身，將他拉過來，一同併坐在躺椅上，雙手施了點勁道壓著他的肩，兩人從來沒有這樣肢體接近過……見他因這突然的親近而渾身僵硬，像根木板似的，忍不住笑了。

「妳……笑什麼？妳……這是非、非禮！」蓮衡怒斥，但結巴的聲音讓他氣勢全無。這讓他惱得差一點拂袖走人，卻也只是，差一點……

「對不起，我不是笑你。」她道歉，一手安撫地輕拍他後背，像在給家貓順毛似的。

「我只是忍不住有一種荒謬的感覺。嗯……」想了一下，還是說了：「在我的家鄉，一男一女糾纏在一起，通常會叫非禮的是女人，而且別人也會相信女方的無辜，對男方群起攻之，讓他百口莫辯。然而在這裡，我這個女人若是大叫非禮，也只會給人亂棒打死。我覺得……很感慨。」若有一天，台灣的女權高揚到像盛蓮國這樣，那她們到底算是成功了，還是失敗了？

蓮衡從來沒有機會聽到她談自身的事，所以此刻她突然談起，倒教他驚訝萬分，不再掙扎，只是看著她。

在這半年多的相處以來，從她的言行舉止的觀察，讓他懷疑她的出身大有問題，肯定不會是奴隸！沒有哪一個奴隸會養出她這樣清冷孤絕的氣質，更別說出入任何一個盛大的場合，都不會顯得有絲毫侷促、見不得場面的卑瑣感覺。

但她不是奴隸，又會是什麼呢？她這整個人，根本與這個國家格格不入！他無法想像哪一種社會階層、哪一種人家，能夠養出她這樣的女兒！

他對她有太多的疑惑，但又無從問起，便一直擱在心中。一方面是知道她不想說的事，他問了也沒用；另一方面，則是她只是他身邊一枚無足輕重的擺飾，只要對他的計畫沒有妨礙，那就不值得他多加追究。至少他目前沒有閒情去追究這樣一個小角色。

他……一直不想，從來不想，對她親近、對她了解太多。

這是，不應該的。

即使他心中隱隱有著渴望。

但他已經很習慣隱忍，多這一項也無所謂。

可，當她願意說時，他卻不由自主屏息聆聽，帶著一種久旱之後的飢渴感，靜默地吞噬著從她紅嫩小嘴裡吐出的隻字片語。

「妳並不是我國的奴隸，對吧？」見她沒再開口，於是催促。

季如繪點頭。

「我的確不是。」簡單說道。然後又回正題：「我知道今天對你說這些話，就是把腦袋交給你砍了，不過，我還是必須把想說的話說完。我只是想提醒你，也許那些與你合作的人，才是你最大的敵人。」

「妳……應該住嘴的。」蓮衡喃喃道。

「我既然決定開口，就不會住嘴。」她笑。

「為什麼？」

「蓮衡，先告訴我，你為什麼不願意當傀儡皇帝？是為了證明男人的能力不比女人差？

還是認為皇家主權不能旁落、不容侵犯？又或者是為了拯救天下蒼生……」最後一個問題，她自己都邊說邊抖，實在太肉麻了！畢竟盛蓮國雖然不是千炫大陸上最強大的國家，但到底也算是治理得安居樂業，沒有民不聊生的慘況發生。雖不敢說沒有外患，但至少是沒有內亂的，所以誰當權並不重要，就算男帝的實權被架空，對這個國家的運轉一點影響也沒有——必須說，那個頌蓮王、甚至是大司徒富天虹，將這個國家治理得挺不錯。

對百姓而言，皇帝有沒有實權在握與他們無關，誰管他皇家發生什麼內鬥大事？重要的是整個國家機制運轉順利，人民安穩生活就成了。所以眼下蓮衡的爭權，在她看來，也不過就是爭取皇家主權，以及自己身為男人的尊嚴。

「皇權惡鬥？爭男人的一口氣？在妳看來，這一切都只是人性醜陋的爭權奪利、一心只為成就自己而引發宮鬥，為了自己，決定鬧得天下雞犬不寧？」蓮衡笑得有點空洞。

「至少目前看起來是這樣。」季如繪也不否認。

「可，妳甚至不能確定我是否真的如此自私自利，就把腦袋提著等我砍，只為了提醒我要小心行事……季如繪，朕以為妳很聰明，妳卻教朕失望了。」

「我沒有義務對你的幻滅負責。」季如繪沒心沒肺地回道。

就知道她只會這樣回答！蓮衡沒有放在心上。只定定地看著她，輕而堅定道：

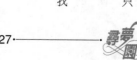

「朕可以告訴妳為什麼朕需要取回權力。不是為了證明男人當皇帝絕對不比女人差，也不是為了想當一個名副其實的皇帝，朕……在有生之年，只為一件事而努力……」

「算了，蓮衡！我突然不想知道了。」她開口打斷他。

季如繪覺得自己最好不要再聽下去！非常後悔自己幹嘛對他問出這個問題！當他神色奇異，緊盯著她，訴說心裡深藏著的話時，她整個人開始湧起一股不妙的預感……這種不妙的感覺，讓她想起一句名言——好奇心殺死貓。身為一名體會深刻的好奇心受害者，眼下戰慄的感覺讓她決定自己什麼也不想知道了！

她想離開，但卻動不了。如果她曾經因為常常聽說皇帝身體微恙、偶感風寒什麼的，便就此認定他是個弱不禁風的男人的話，那眼下的事實證明一切都是她誤會了。

這個看起來很文弱的男人，居然輕易就能教她動彈不得！他先是以一隻手抓牢她手臂，為了不讓她掙扎或喊叫引起遠處的侍衛注意，突然伸手在她頸後脊椎處一點，她便瞬間石化……

這感覺，怎麼那麼熟？

啊！是他！

她記起來了！蓮衡是他！就是那個刺客！就是那個被她捆在木桶裡的那個黑衣刺客！

「記起來了嗎？」蓮衡對她點穴，就是等著要她記起來。他愉快地笑著，雖然這笑很帥氣，但在季如繪眼中看來就跟鱷魚的微笑一樣驚人！

他想幹什麼！口不能言，但她還可以用眼光瞪人。

「是妳招惹我的，季如繪。」他伸出修長的食指，輕輕在她粉嫩的臉蛋上滑動。「原本妳可以完全地置身事外，妳差點就可以了。朕……雖然與妳有過過節，但後來卻怎麼也不想讓妳涉入這一切，尤其在四日前，妳替朕擋了一刀之後，朕衷心希望妳好好活著就好。若可以的話，給妳自由，讓妳遠離這一切。差一點，妳就可以了。妳這麼聰明，卻在今日連連犯傻，事已至此，妳已經走不了了。」

他的手指滑到她頸子上，張開五指，只消微微使力，就能輕易將她過於纖細的頸子給掐斷。

「只差一點，差那麼一點點啊……」他的聲音帶著點懊惱，看著她的目光卻是炯然有神，燃燒著某種志在必得、義無反顧的情緒。

季如繪很後悔、超後悔，比當初因為好奇而踏進鬼屋還後悔！她知道她越界了，跨過了蓮衡自我防備的界限，徹底惹著了他！

那個界限……她定在友情。可是，從他的眼中，她解讀到的，卻是她不敢面對的情緒！

今日，她準備把命交在蓮衡手上，因為他是她的朋友。

可是，結果卻是，她挑明了一切的後果，不是失去一條性命，而是讓他現出真性情，而是讓他下定決心，將她抓入他的世界！再不讓她當一名旁觀者！

她不是個笨蛋，這一生也絕少做過蠢事。但當她做出蠢事時，後果都很嚴重！

「妳是奴隸，我是皇帝。」他道。

她定定地看著他。

「妳是女寵，我是傀儡皇帝。」

她還是看著他。

「我們之間會很困難……」他笑。

她依然只能看著他……

「不過，何妨，反正這個天下是一定要改變的。妳我之間的身分差距，也將不會是問題。」

他捧住她臉，俊臉輕輕湊近——

「我有一個最大的秘密，這世上誰也不知道。妳將會是第二個知道的人……當妳知道之後，這一生，就算是死亡也無法將妳我分開。」

她可不可以不要知道?!她以眼神用力拒絕!

「當然不可以。知道嗎?我是一個……」他好輕好輕地在她耳邊說出兩個字,然後,青澀地吻住了她美麗而誘人的紅唇。

當他的唇與她的唇貼合時,他才知道,自己對這紅唇已經渴望多久了!

這是個她或他都沒預期到的結果,但走到這一步,很好,至少他覺得很好。

這是不應該發生的事,原本也打算隱忍,人生忍著忍著,就過去了,所有的感覺都會淡去。

但,她的唇那麼甜,當他嚐到之後,這一生都不想再放開!

我是一個墨蓮,他說。

墨蓮是什麼?被點住穴道的可憐傢伙,只能在心中疑問著。

然後,被吻,又被吻,繼續被吻……

這男人從生手變成熟手的速度快到連流星都追趕不上!

吃虧嗎?還是佔便宜?

這是一個難題。

6 聚會

有個女人睡在身邊，真是個奇怪的感覺。更奇怪的，是他並不覺得討厭。

他知道他的出生，是有任務的。所以他是墨蓮。

生身為男子、命定了是男帝，一切的一切，都照著命運走，以為今生就是這樣了。

愛情，從來不是他的預期，他也並不憧憬。就如同他今生從來沒有見過雪，就不會對別人口中所形容的冰封美景心生嚮往。他覺得他就是這麼一個沒有想像力、生性冷情的人，一路都會戴著微笑而軟弱的面具，將今生過完。

但是啊，偏偏出了她這個意外。

這是愛情嗎？他不知道。他只是很想與她在一起。何況「愛情」兩個字，對一個帝王而言，畢竟太奢侈了。所以，兩個人在一起就好了，不必去細細琢磨，非要將兩人的關係想出一個甜蜜而明確的字眼來定位不可。

有些事情，不必言明，就任其一輩子曖昧下去又何妨？

這個女人哪……

他想，他是不喜歡她的，甚至是討厭她的。

那為什麼願意一再忍受她的冷淡與目中無人？要知道，即使她不是奴隸，是個貴族，也不能這樣對待他這個一國之君。

但他就是忍耐下來了，而且每日每日與她見面、喝茶，有時兩兩無言，各自忙手邊的事，就過了大半天，也沒有誰會覺得不自在……

啊，是了，就是自在。她的冷淡讓他自在。

眷戀的手指在她美麗的臉蛋上輕描。她真是一個美麗的女人，五官這麼的柔美，分配得如此恰到好處，只要不張開她那雙常常顯得不耐煩的大眼，她這般顯得楚楚可人的容貌，會讓最強硬的人都為之柔軟。

這個女人，有著最纖柔的外表，卻有著最冷漠的心。多奇怪的組合。

她不在乎他是皇帝，對於他是否真的軟弱溫文，或是內心陰沉什麼的，她不在乎也不理會，對他直接無視。而這樣的冷淡，卻是給了他一個喘息的空間。不管他皮笑肉不笑或當真動肝火，她都平常心以待，想理會他時，哼個兩句；不想理他時，就當他不存在。覺得他煩

了，甚至敢皺眉橫他兩眼！這並非仗恃著他不會殺她，而是她不在乎他殺不殺，一副萬事隨便你的冷然狀，常常讓他氣結在心。

她是他生平僅見最詭異的女人！

她的詭異，是她之所以還能待在他身邊的原因。

那麼，是從什麼時候開始，他對她有了那麼深的牽念？

當牽念轉變為一種說不清的獨佔欲時，整個心思就全亂了！

終究，他還是不願放她走。

雖然他曾經因為珍惜她而一心想要她遠離這一切的是非……

「但，已經來不及了……」他輕聲低喃，神情帶著些微的自責與些微的愉悅，以及更多的擔心。「是妳的多事，讓我決定……」

他低頭，在沉睡的嬌容上印下一吻。

對睡到毫無知覺的人兒輕輕許下諾言：

「一起同生共死吧！如繪。妳再也別想置身事外了。」

原來這就叫墨蓮……

季如繪仔細看著那朵奇特的蓮花，態度專注而自然，既沒有被眼前的「春色」迷得暈頭轉向，也沒有露出半絲佔了天大便宜的猥瑣狀。

而蓮花的主人，也大方地任由她看著，絲毫不見扭捏與害羞的情緒。

如果季如繪不覺得看男人的裸身——而這個男人還是尊貴的皇帝，是很失禮很不該的話，那他也就沒有什麼好覺得不好意思的了。她在看他胸口的墨蓮，而他就看著她的臉。兩方都是研視的表情，顯得嚴肅。

那花，彷彿是以黑色的工筆細細在人體身上彩繪似的，難以想像它居然是天生自人體內生成，而非出自某位繪畫大師之妙手。

那蓮，老實說，挺美的。雖然季如繪並不是個很有品味的藝術鑑賞家，但真正美麗的事物本就是雅俗皆能共賞之，無論是專業人士還是普羅大眾觀看了，都會同聲稱好，藝術之名，方能當之無愧。

只是，這樣的美麗，卻代表著一種詛咒。

「每個男人身上都長有蓮花，差別只在顏色不同是嗎？」她問。

「沒錯。」

「那……長成的形狀都一樣嗎？」季如繪隨口問。

「朕沒調看過宮裡『檢蓮處』的記錄檔案，不清楚。」瞥了她一眼：「妳想看？」

她終於把目光從他的胸口往上移了移，正對他的臉，忍著翻白眼的念頭，嚴正拒絕：「一點也不。」

也不理會他這副樣子到底算不算在吃醋，反正沒空理他。看完了墨蓮後，就低頭翻看著皇室典藏的秘籍。

直到現在，她才知道她對這個國度還是有太多的不了解，而不了解的地方，卻是宮裡女官們不會讓她閱讀到的——因為這是世人皆知的常識！誰會知道季如繪偏偏就是常識貧乏，完全不了解所謂的金蓮、銀蓮、紅蓮、白蓮、墨蓮是怎麼個一回事呢?!這簡直就跟天黑了不知道該點燈、餓了不曉得要吃飯一樣的不可思議。雖然她以前也常常被阿離笑得滿嚴重的，但並不表示她樂於以無知取樂別人。幸好蓮衡這個男人雖然會對她的無知表現出驚訝，卻不會加以宣染說嘴，一再提出來取樂，是個滿有品格的男人。

幸好，他是有優點的，這讓她對於與他關係的改變，不會顯得那麼難以接受。而她的沒有抗拒，則讓一直在觀察她的蓮衡非常滿意，因為他幾乎是毫不保留地讓她予取予求，再無任何遮掩防備……當然，她一點也不覺得這是好事就是了。

一會兒後，她從書冊裡抬頭問道：

「為什麼身上長了墨蓮，就無法讓女人受孕？」

「不曉得。」蓮衡懶懶地應道。

「幾百年來，都沒有人加以研究嗎？」

「事實上是兩千零九十九年。」他糾正。接著道：「盛蓮國建國兩千多年來，就一直是這樣了。在建國之前，我們起源於『曠野蓮生部族』，這部份因年代太過久遠，而沒有絲毫文獻記錄傳下來。歷代蓮帝都想找出解決『墨蓮不孕』的方法，尤其在近五百年以來，墨蓮的數量已經多到失去控制，再找不出解決之道的話，總有一天，盛蓮將會因為沒有人口而滅亡。」

「一旦你掌有實權之後，就能解決這個問題？」季如繪覺得這兩者之間沒有什麼必然性。「頌蓮王知不知道墨蓮的數量正在增加？」

「她知道。朕手邊拿到的精確數字，都來自頌蓮王提供。」蓮衡說著。「她很努力在找墨蓮產生的原因，也有許多發現——比如說，盛蓮國人若與外國人通婚，生下的兒子，七成以上是墨蓮；而更讓她憂心的是，如今即使是金蓮或銀蓮，也都有可能生下墨蓮。我們都知道這是個很嚴重的問題，卻因為不知道起因於何，於是無法找到方法解決。」

「既然你們的研究毫無進展，那麼，這種情況之下，誰掌權又能改變什麼？」季如繪

問。

蓮衡掃了她一眼，語氣有些不滿：

「妳似乎對頌蓮王印象良好？」

季如繪想了下，點頭：「我喜歡有能力又幹練而且位高權重的女人。」

「即使那個位高權重的女人，正打算殺了妳？」

季如繪一楞。殺了她？「因為我是你的女寵？」

蓮衡突然笑得有些詭異，爽快承認：

「昨日，朕正式拒絕頌蓮王要求允婚於飛揚國長公主的提議。她很不高興。」

她明白了：

「五日後的國宴，是為了接待飛揚國的使節團。檯面上說是為了慶祝你登基十二年，以及洽談兩國貿易事宜，但其實真正的重點是你的婚事。是吧？你拿我當藉口拒婚，所以頌蓮王對我很生氣。」

「藉口？」他哼笑。伸手拉住她手臂，她全無防備，只能落入他懷中。「朕不能允婚的，妳不明白嗎？」

她的眼睛正對著他胸口的墨蓮，忍不住伸手輕輕描繪上頭優美的線條，直到發現這樣的

動作讓蓮衡起了一身戰慄的雞皮疙瘩後，連忙停住。

「抱歉，我不是故意的。」她很快道歉。

「……沒關係。」他深吸一口氣後，才能開口，卻也還是止不住聲音裡的沙啞與微顫。

她想退開，他卻不讓。雙手將她環在自己的胸懷之內，不讓她走，卻又忍不住擔憂。於是低問：

「妳會……覺得屈辱嗎？被男人這樣抱摟著，會覺得很失氣概嗎？」

「不會。」他那麼高大，而她這麼矮小，如果兩人動作反過來，簡直不倫不類。她本人是還好，可是要她親眼看一個男人故作小女兒嬌弱狀，偎在自己懷中柔若無骨的，她要是沒將人直接毆飛，至少也會忍不住一頓暴打。

她雖然是個女權主義者沒錯，但那不表示她無論在什麼情況之下，都非要把男人踩在腳底不可。她爭取的，向來是女性的自主、社會公平的對待、男女平權等等，而不是女尊男卑。

雖然男權女權總是此消彼長，所謂的平權，幾乎只是一種理想與神話，但那也不表示她就可以不必再努力下去。她理想中的女權，不是建立在踐踏男性的基礎上，所以當她待在這個可以歧視踐踏男權的國度時，也不想這樣做。

而，如果男人的力量不是用在暴力，而是用於保護，那她為什麼要過度反應？覺得被男人抱摟就是弱了女子的威風？她知道盛蓮的女人也許會對此有激動反應，但她反正不是盛蓮人，不會因為被男人抱摟住了而產生抵觸的情緒。

反正……再過分的事都做過了，也不差摟摟抱抱了。而且他看起來也很喜歡將她摟抱住的感覺，所以也就由他了。

「只要你抱著我時，沒有在心裡想著『男人壓倒女人』、『男權的一大勝利』這種怪想法的話，我就不會在意。」

蓮衡聽了皺眉。

「妳這是哪來的想法？朕抱著妳，豈會有這般膚淺可惡的念頭？朕是一國之君，這一生從未想要與任何一名女子親密，如今與妳……若只是因為這可笑的念頭，那是對朕本身最大的侮辱！」

季如繪伸手輕撫他面頰，道：

「別生氣。如果你覺得被冒犯了，我道歉。我只是想明確地知道你的看法，沒想到會讓你反應這麼大。」這個男人以前也常生氣，不過都掛著微笑的面具掩飾一下，但她就是知道他心中在發火。而今他對她發火都毫不掩飾，也不知算是好事還是壞事。兩人有熟到這麼不

必客氣的地步嗎？

也不再在這話題上糾纏，接著問道：

「你不能答應飛揚國的求親，是因為它？」她指著他胸口的墨蓮問。

「一個墨蓮的男帝，將會成為飛揚國要脅盛蓮的最有力把柄；一旦傳開，也將是盛蓮國的恥辱。」他平淡地道。

「你怎麼看？」指的，還是他身上的墨蓮。

在知道墨蓮這種身分的存在後，她突然想起許久以前聽到女工役們在某次閒扯時，談到對墨蓮的鄙視，就可以知道墨蓮的處境有多麼艱難，居然連地位最低微的奴隸都可以瞧不起，任意以言語暴力侮辱嘲笑！

那他，蓮衡，一個墨蓮，心中又是怎麼想的呢？

蓮衡緩緩看著她，神色複雜，像是千萬種心思在心頭流轉而過。

「妳在意嗎？」他眼中閃過一絲脆弱。

「在意？為什麼要？」她不解地問，也很快明白他的意思，說道：「男人與女人上床，是因為他們想要親密，而不是想著要生小孩；當男女雙方產生感情時，也不是因為對方可以與他生下下一代而去愛上他。」

「所以？」他不放棄，緊盯著她，非要她明確說出來。

如果依照季如繪以往的脾性，根本不會甩他。但現在，唉，不同了。她會對他心軟，這真是糟糕。

「所以，我不在意。行了嗎？」見他似乎意猶未盡，她警告地看他：「別再問什麼真不真的之類的蠢話，也不要叫我對著星星月亮太陽發誓，更不要叫我想出一千個足以說服你相信的理由！這話題到此為止。」

雖然蓮衡相較於盛蓮國其他娘娘腔的男人而言，算是她眼中的正常人種了，可是在兩千年女尊男卑的教育下，但凡是男人，總會有一些屬於小男人的脾性，而這種脾性通常會在愛情裡發揚光大！她也無須對這個國家了解太多，只要參考二十一世紀東方女性在被追求時，整治男性的手段就可以了，相信完全可以套用過來！

此等歪風，切切不可長！

她可不想在這裡還沒享受到女權的尊榮感，就被迫成了「男友奴」！什麼天理啊！

蓮衡被她如臨大敵的表情給逗笑了。「只要妳不在意，朕也就不會在意了。」接著，好奇問道：「這些折騰人的把戲，妳是怎麼想出來的？」

「說好不提了。」她拒答。怎麼可以告訴他，然後讓他學去？「有說笑的空閒，你還不

如多想想該怎麼應付五天之後的國宴，如果飛揚國的長公主堅持在大庭廣眾下對你求婚，然後頌蓮王率百官一同道賀，到時場面可就難看了。」

蓮衡像是心中已有對策，笑笑的完全不放在心上。

「說到國宴，還有一些表演節目沒定下呢。」說著，他下榻走到桌案旁，拿起一疊帖子過來，「就是這些，妳看一下。」

「不就是唱歌跳舞耍百戲什麼的，你決定就好。」她不感興趣。

蓮衡攤開其中一分帖子，坐到她身邊一同看。說道：

「這次司禮官特別邀請了一支特別的表演團，說是什麼百人賣唱團……嗯，正確的名稱在這裡，叫『綠島合唱團』，聽說奇特的演出方式，風靡了國內，甚至連飛揚國君也大加盛讚……小心！」

季如繪原本漫不經心地聽著，正傾身想拿過茶杯，聽到合唱團的名稱，整個人不穩地往榻外跌去，差點對地面五體投地、摔出個「大」字，幸好蓮衡及時拉住她。

「怎麼如此大意……」蓮衡還在唸著。

「你剛說什麼合唱團？綠島合唱團？」她急切地問，同時搶過帖子看。「怎麼上頭就只寫了『綠島合唱團』與一堆歌名？沒有其它介紹？」

「因為這是司禮官呈上來要給朕點曲目的。國宴那夜，合唱團是重頭戲，共演唱六首歌。其中除了會唱盛蓮國歌與飛揚國國歌之外，還有一首喜慶歌曲。另外三首則可以隨意欽點，下面列的這三十首就是讓我們點歌的。若是朕沒有特別想聽的歌曲的話，就交由司禮部門去點了。」蓮衡解釋完，看著她：「妳為何如此震驚？」

「蓮衡，我要點歌！」季如繪沒有回答他，抓著他的肩膀堅定道。

「可以。但，妳必須告訴我為什麼。」他將帖子交給她。

「我會告訴你。現在，我們來點歌。」季如繪以畢生最快的速度將他拉下榻，一同來到桌案前，壓他坐下，以這輩子從來沒有過的賢慧，很殷勤地幫他磨墨潤筆，然後將筆交到他右手。

一切服侍完美，讓蓮衡嘆為觀止。

「就不點上頭的歌曲了，我唸歌名，麻煩你寫下來。」

「若妳點的，是他們不會唱的，這不是為難人嗎？」

季如繪很理所當然地道：

「你是皇帝，你想聽什麼，難不成還得被侷限在這三十首裡？」說完，又露出不耐煩的神色，催促著他快快動筆。

這樣的急切，讓蓮衡也開始對這個「綠島合唱團」非常地感興趣起來。

能教凡事不在意的季如繪如此緊張的合唱團，想必是不同凡響的吧？

「靠！你好樣的季如繪，當我是錢櫃KTV啊！」花靈仰天長叫。要不是狼嗥學起來太有難度，加上現在不是晚上、今天不是月圓，她一定馬上跑到某個山頂去鬼叫個夠！

「沒天理！太沒天理了！只剩三天耶，叫我怎麼在三天之內將這三首歌練好?!太過分了！季如繪，算妳狠！」

李格非任由花靈在一旁走來走去咆哮，在她發洩完之前，正好可以好好看一下剛從宮裡傳送過來的歌帖回文。總要有人仔細看完這份公文，了解三日後進宮的注意事項，若是一個不小心犯了忌諱可就有命進去，沒命出來了。

花靈打從看到那三首皇帝欽點的歌曲後就發狂了，哪會再去注意其它的？

「也不想想我為了確認她的身分，有多用心良苦哇！三十首歌裡，我就放了『綠島小夜曲』、『橄欖樹』、『今山古道』她到底有沒有看到?!這些可是我大學參加歌唱比賽的招牌歌耶，居然被嫌棄了！還敢在上面評說太老氣！真過分！」花靈還在「該該叫」，叫得比被踩到尾巴的流浪狗還淒厲。

李格非終於看完了文件的所有內容，手指在文件上寫的三首歌上點了點：

「這三首歌，我沒聽妳唱過。」他比較在意的是這一點。

「當然沒聽過，那些歌不是我的風格，我沒學過！」她沒好氣。

「妳不會？那三日後的晚宴，妳還是堅持要去？」

「當然！」花靈抬高左手，露出包成棉花棒造型的食指。「我貢獻了那麼多血，終於讓周夜蕭醒過來，他也會隨蓮瞳進宮參加宴會。而且我合理懷疑花吉蒔將會有什麼動作在那天做出，我們怎麼可以不在場？重要的時刻卻缺席，如何對得起我流出的那一盆血？」

「既然如此……」他將眼前得意亂晃的手指挪開，涼涼道：「就快些將合唱團的人集合訓練新歌，妳雖沒唱過這三首歌，教給他們唱也應該不會有問題，是吧？」

「當然！只要我花靈想做的事，還沒有被難倒過的！我現在就想辦法把歌詞想出來！沒想出來的部分就自己掰！」她立即四處找紙筆。

李格非笑了笑，由著她去忙，轉身出門召集人手去了。

花靈趴在桌上抓耳撓腮，一邊咒咒唸唸——

「靠！嫌我的歌太老氣，妳選的『酒矸倘賣嘸』就多新啊？還不是老歌一首！還有妳選周杰倫的歌我也沒意見，但為什麼要挑這一首？『霍元甲』這種光歌詞就多到壓死人的歌，

妳也好意思點來為難我？太過分了！最後這首『哭泣的駱駝』，我的媽啊，齊豫的歌耶，當我是歌神嗎？啊啊啊——」再度崩潰中。

從國中開始，季如繪與花靈都一路同校，有時甚至同班，尤其大學更是同班了四年。雖如此，但兩人之間的交情仍是泛泛，只比路人甲好一點。畢竟個性完全不同，可是就是有緣，現在花靈知道這是什麼緣了，孽緣！

果然是花靈！季如繪雖然已經知道應該是她，但真正親眼看到時，還是忍不住微微地激動了下。

雖然兩人沒什麼交情，而且在高中時期還有一點點交惡——主要是因為她見過花靈被打成豬頭的慘狀。而且，也因為好心幫她叫救護車，而致使花靈在校外打架的事被學校知道，狠狠地被記了一個大過。季如繪並不清楚是見到花靈的狼狽樣比較被記恨，還是記過的事更被在意一些。總之，花靈就此對她有點怨恨就是了。

前情種種此刻也無須再提了，兩人被丟到這個時空來，再怎麼不親不熟的，總也是同鄉人，也就親切許多了。

蓮衡知道她心急，所以不讓她等到晚宴，當所有的表演團體都進宮之後，立即派了兩名

宮男領她到提供給表演人員休息的偏院去看人。

當然，這也不無帶有一點支開她的意思。不過季如繪完全沒有放在心上，她從來不喜歡去管別人在做什麼。以前交過的兩任男友都指責她太冷情、太不關心他們，因而提出分手。如今與蓮衡唏哩呼嚕地走到這一步，比較值得慶幸的是他到目前為止，還沒出現這種症頭，希望以後也不會。

蓮衡問明了她對「綠島合唱團」感興趣的緣由後，只問了一句：「妳想離開這裡，回去故鄉？」

她點頭，並不打算說謊：「嗯，我想回去。如果可能的話，你不妨同我一道走。」雖然想像不到天長地久，但她從來只習慣被甩，而沒有甩過人，所以只要他還打算在這段感情走下去的話，那她就不會撇下他。

「見了那個叫花靈的人，就可以回去了？」

「不一定。但好歹是同鄉，也該見見的。」

後來蓮衡就沒再說什麼了。

此刻，季如繪靜靜站在不顯眼的角落處，看著花靈正將一百個男人組織起來，排練著走步與歌曲，那手舞足蹈的樣子，活似自己是世界知名大指揮家一樣。這個花靈，還是與以前

一樣，張揚而活潑，而且總是很自信的樣子，而她這股自信的來處，據說是來自「天塌下來有高個子頂著」的信念，她不高，所以很自信。人生混成這樣，也算她厲害。

原本她是想走上前去與她見面的，但才跨出一步，就瞥見圍牆的另一邊，白琳神色嚴肅地快速閃身而過。

白琳？她不是今日都得隨侍在蓮衡身邊嗎？為什麼會在這裡？那誰在蓮衡身邊？

雖然很想跟花靈打招呼，順便探問回去的可能性，但……轉身而去的步伐卻讓她不得不承認——眼下，還是先看看蓮衡那邊怎麼了吧！

畢竟這是個女尊男卑的世界，既是如此，那她就乖乖認命。這裡是盛蓮國，當王子可能需要人保護、正被惡龍圍困時，身為公主的人光會在一邊乘涼兼尖叫是會被人吐口水的。

她想，還是盡一下義務好了。

不自覺地加快腳步，往記憶中蓮衡所在的方向奔去。

至於花靈……反正只是同鄉，不至於重要到非得馬上見上面不可。

「咦？」花靈突然不由自主打了個寒顫。

「怎麼了？」李格非領著白總管走進院子，正好聽到花靈怪叫。

「天氣那麼好，我跑來跑去都出汗了，怎麼會突然打了個冷顫？」花靈左看右看，忍不住搓搓自己雙臂，搞不清楚情況。

「妳冷？」李格非不可思議地看著正中午的大太陽問。

「不是，我不冷。沒事。」不想了。花靈揮揮手，跳到李格非身邊，順手將他手上提著的點心取過來，對一旁那些被她特訓得慘兮兮的團員道：

「各位，休息一下！吃完午食點心之後，再接著練唱！時間寶貴，快過來吃，別在地上裝死了。」吩咐完後，一手勾著李格非，一手抱著自己的午餐，走到小院落外一處僻靜的地方落坐。才問道：「你們在外面打探得怎樣了？」

「頌蓮王與周夜蕭乘船進宮，皇船已經走水道西大門。花吉蒔帶了幾名長老也緊隨在皇船後頭，正等著進宮。其他的……那些達官貴人自然也都進宮了。你們這邊練唱得如何了？歌詞都背起來了嗎？」李格非不放心的還是這一點。

花靈將食物鋪滿一整桌，給李格非的碗裝滿了美食之後，才道：

「安啦安啦！我辦事，你放心。」

看她這個樣子，能放心才怪！

「都背起來了？」

「沒有。」花靈回答得理直氣壯。「歌詞那麼長，怎麼可能背得起來？」

「那妳——」

「嘿嘿，山人自有妙計！」她對他擠眉弄眼，然後附在他耳邊道：「我讓他們寫了小抄，貼在前頭人的背上，讓他們邊唱邊看。把其中十個記憶力特別好的，排在第一排，這不就解決了嗎？」

李格非無言了半晌，雖不喜歡以投機取巧的方式做事，但眼下時間委實太趕，也只能這樣做了。

「可別養成習慣了。他們既然有心成為歌伶，就要對自己的工作敬業。」

「那是當然。這次實在是不得已，你也知道。」花靈討好地替他剝好一顆橘子，本來想餵他吃的，但想到這裡是外頭，李格非又容易害羞，只好作罷。「來，吃水果。盛蓮的橘子好甜，超好吃的……咦，那不是那個誰？」

突然看到有兩個人從遠處往這邊走來，避過人多的地方，閃進某個角落，似乎在商量什麼隱密的事情，其中一個人好眼熟啊——

李格非聞言看過去，臉色瞬間鐵青。低喃：「是她！」

「啊，對，就是野鴻，我都忘了，就是那個堅持要叫你少主的那個原野人嘛！我們的商

行自從被蓮膧抄了之後，後來所有商業上的往來，都靠他的『暗部』幫忙，讓我們借殼經營，把你旗下的事業都化名為『曠野蓮生』，這才躲過頌蓮王對你徹底的抄家。咦，你怎麼了？」花靈說著說著，發現李格非的臉色有夠差，瞪著野鴻的眼神超可怕，這是為什麼？

李格非沒有看花靈，仍是瞪著那個方向，如果眼神可以噴火，花靈相信那邊那兩個人已經被燒得連渣渣都不見了！

「格非——」

突然，李格非站了起來，大步往野鴻的方向走去，花靈來不及拉住他，只好跳起來跟在他後面跑。不明白他為什麼一臉想將人碎屍萬段的表情？

李格非還沒走近那兩人時，原本正在低聲說話的兩人，像是感應到不尋常的氣氛，齊齊噤聲，一致轉頭看過來，當發現李格非時，都錯愕地楞住了——至少野鴻是很明顯的錯愕，毫無掩飾。

但李格非一眼也沒有看向野鴻，他的目光，始終牢盯在另一個人身上。

那個人，是名女子，身著筆挺的高級官員服，長相斯文秀美，兩道英挺的眉毛則顯示出她是個極有定見的人。相較於李格非的怒火四射，這名女子顯然是自在多了，她甚至有辦法在李格非可怕的目光宰殺之下，微笑以對，那個愉快模樣，彷彿見了多年好友一般。

就見她優雅地開口招呼道：

「好久不見，格非。」

「妳在這裡做什麼？柳、綾、之！」

花吉蒔進宮沒多久，才被宮男領到一處大院休息，就聽到外頭有人求見。因為來人的身分實在顯赫到不容拒絕，讓花吉蒔原本要與幾名長老好好談一談的念頭落空，只好放長老們回房休息，並囑咐她們在晚宴之前別出去。長老們默然離去，並沒有給予她明確的答應，所以花吉蒔只好懸著滿腹的憂心，出門迎接來客，不好有絲毫耽擱！

這個來客，老實說，花吉蒔與她並不熟。畢竟在政治立場上，她是傾向支持蓮瞳，而這個人——富天虹，向來是保皇派，常常站在男帝那一邊，與蓮瞳意見相左，像是為皇帝撐腰，但其實也不過是政治場上的權力角力而已，男帝比較像是她的傀儡。

當今盛蓮王朝的兩大權臣，也就蓮瞳與富天虹。兩方都很有才幹，蓮瞳的優勢是她是攝政王，而且是目前第二順位的帝位繼承人——如果男帝沒有生下子女的話。而富天虹從五十年前甫進廟堂，就是個風雲人物，一路建立功業，且被前任蓮帝欣賞拔擢，在二十年前就已經是權傾朝野的大司徒，算是位極人臣了。她在朝廷裡佈置的勢力，也非才理政十五年的頌

蓮王可以輕易拔除的。
兩大權臣之間的的力量，說是勢均力敵也不為過。
要不是一年多前富家族人搞出了一堆爛事，害死了周子熙，頌蓮王肯定不會撕破表面的和諧，正面與富天虹對立。
其實花吉蒔也知道，以政治身分上的敏感而言，她不該接見富天虹的，但她除了是蓮瞳的支持者外，同時也是盛蓮國的國師，沒有拒見朝臣的道理。
何況她也很好奇富天虹為什麼會在這個時候找她，這個大司徒可不是沒事會找別人串門子的無聊人士。
所以在一堆禮儀、場面話的形式過後，花吉蒔直接問她的來意。
而富大司徒也很乾脆地直言道：
「聽說國師前些天治好了頌蓮王君的睡疾，在下深感佩服。不過，本官認為，讓頌蓮王君得以醒來，並不表示已經治好了他身上的病症，是這樣沒錯吧？」
花吉蒔淡然一笑。
「沒想到長卿大人不只治理國政有方，同時亦是一名高明的醫者呢。」
「本官並非醫者。只是比別人多看清一些事實罷了。」富天虹微笑地低頭啜口茶。

「是嗎？願聞其詳。」花吉蒔拱手道。

「本官雖與頌蓮王偶爾有些政見不合，但事實上，本官相當地欣賞她。」

「您欣賞人的方式，相當地與眾不同。」花吉蒔忍不住笑了。

富天虹並沒有因為被嘲笑而生氣，仍是以一貫沉穩的口氣道：

「老實說，本官並不在乎妳，或者頌蓮王的信或不信。這些都沒有什麼好放在心上的，本官這一生所追求的，是更重要的事物，求的是國家千秋萬代的平安穩定，永世不替！」

花吉蒔有些啞然地望著富天虹臉上的剛毅神色，那是一種讓人毛骨悚然的執著，而且非常熱切！

在她還沒開口說什麼之前，富天虹灼灼地看向她的眼，沉聲問：「國師大人，守護盛蓮國的穩定，是妳，與妳們花家世代的責任。妳們家族兩千年來，以宗族長的生命為燭，一代又一代的守護盛蓮，付出了難以想像的代價，才換來這塊土地的平安。然而，本官還是要告訴妳——還不夠。妳們花家做得還不夠！」

「不夠什麼？」花吉蒔覺得呼吸有些困難，被一種奇怪的壓抑圍困著，好不容易才能開口問。這人，到底在暗示什麼?!

這次，換富天虹露出嘲弄的神情了，就見她道：

「本官一直在猜，妳這個宗族長是否仍是什麼也不知道？而今，聽妳這麼問，便知道妳果然什麼也不知道了。」

花吉蒔忍著氣，問：

「如果妳願意明白直說的話，相信我們可以節省許多本來無須浪費的寶貴時間，讓彼此留點餘暇，好好準備今晚宴會事宜。」

富天虹抬手安撫她，道：

「這裡不是方便的說話地點，本官就不多說了。妳只要知道一件事——周夜蕭必須死！」她一字一字道：「為了頌蓮王，周夜蕭不能活。事實上，他也活不了，妳能以血喚醒他一次兩次，卻喚不回他的命！」

「富大人，妳不該說這種話——」花吉蒔怒斥。

富天虹笑了笑：「明日，本官會上門拜訪，到時妳我可以好好詳談。至於周夜蕭……聽我的勸，別白費力氣了。」

說完，也不理會花吉蒔是什麼表情，拱手告別，轉身離去。

7 蓮變

季如繪沒有找到蓮衡，她在找蓮衡的途中，在中宮迴廊處遇到了頌蓮王。她知道頌蓮王對她的印象極差，本來就瞧不起她女寵的身分，認為堂堂一個女子，去當一個苦役、吃著粗食淡水，也好過跪在男人腳下乞得錦衣玉食。後來又痛恨她的存在讓蓮帝沉迷，甚至為她拒婚。所以季如繪並不懷疑頌蓮王心中可能會存有除掉她的念頭。

欣賞一名女強人是一回事，然而知道這個女強人討厭自己，無時不等著尋她錯處，給她致命的一擊，又是另外一回事了。所以不小心遇到了這女人，還是躲遠些好。

「站住。」

季如繪的腳才剛要轉向，就被不遠處的蓮瞳叫住了。隨著那一聲命令下達，幾名武裝的宮衛立即快步過來將她圍住，讓她想裝作沒聽到都沒處閃人，只能默默地等待高高在上的頌蓮王大人走過來。

頌蓮王走得很慢，與印象中總是龍行虎步的形象全然不同，因為她手裡還扶著一個男人，那小心翼翼的模樣，不必多猜也知道她扶著的，應是傳說中身體病弱的頌蓮王君吧？

聽說是個出色的美男子——完全符合盛蓮人審美觀的那種絕美。

美麗事物，總是容易引起別人的好奇心。季如繪反正眼下也沒其它事可做，所以也就不介意趁此了解了解盛蓮女人的眼光究竟有沒有問題。

也難怪她會好奇，像她覺得長得很斯文俊逸的蓮衡，在別人的眼中卻不算是個美男子，都說他五官線條太剛毅（哪裡有？），完全不符合溫良恭雅的原則。既如此，就讓她好好看看所謂的盛蓮第一美男子是怎麼一回事吧！

希望不是個超級絕世娘娘腔！美不美倒還在其次，重點是別噁心就好。

距離還有點遠，還看不清楚，但季如繪發現這個男人的身影……讓她有一種很面熟的感覺……可她非常確定自己是從來沒有見過他的。那麼這種熟悉感又是從何而來？沒道理啊……為何會對一個陌生男人有熟悉感？

太投入於自己的思緒裡，讓她忘了自己現在正處於有點危險的處境，而那名男人的妻子已經發現她的無禮，雙眼瞬間冒出衝天怒火——

「放肆！」頌蓮王怒喝。這季如繪好大的膽子，竟絲毫不避諱男女之嫌，對一個有婦之

夫直勾勾看著，簡直該死！

隨著頌蓮王的怒斥完，季如繪小腿肚突然被狠狠踹了下，整個人全無防備地跪跌在地。

當她想抬起頭時，卻發現脖頸動彈不得，因為被一名武衛使勁壓制住了。

「妳什麼東西，好大膽子！來人，掌嘴！」蓮瞳口氣嚴峻地下令。

「得令！」

武衛領命，揪起季如繪的脖子執行刑罰。武衛從腰間抽出巴掌大的掌板，沒讓人有心理準備的時間，立即「啪！」重重的一拍，季如繪完全沒有躲開的機會，半邊臉瞬間被劇痛打麻，而她頓時眼冒金星，覺得整顆腦袋像是被果汁機攪碎過，暈糊成一團……

由於整個頸子被抓攫得已經沒辦法呼吸，更別說開口吐出半個字了，她一點申訴的機會也沒有，直到此刻季如繪才深深感受到這個攝政王在皇宮裡可以橫行到什麼地步，以及，蓮衡這個男帝當得有多麼憋！

雖然她本身的身分不值一提，甚至可以說微不足道得有如塵土一般，但重點並不在於她這個人，而是她背後的靠山——蓮衡！打她這個人其實無所謂，但重點是，這樣毫不顧忌地在皇宮裡打罵皇帝的人，簡直就是不把當今皇帝看在眼底！

這頌蓮王，委實也太過張狂了！

當第二掌又即將拍打下來時，一道低沉的嗓音傳來：「請住手。」

那聲音不高不大，卻有效地讓武衛頓住，然後對頌蓮王道——

「王，不是什麼大不了的事，就放過她吧。」

「你身子剛好，別理會這種事。」蓮瞳語氣也很輕，想了一下，道：「是本王欠思慮了，不該在你面前罰這賤奴。來人，帶下去，再掌十嘴！」

從這冷酷的語氣上聽來，連暈眩中的季如繪都知道那十嘴再打下去，命是還在，但容貌還全不全就不知道了。

「王，這裡是皇宮，請別——」周夜蕭聲音有些虛弱，但仍是努力說道，希望頌蓮王有所節制。

「別急著說話，瞧你都喘了。好，本王不處罰她的失禮……」

「這裡是發生什麼事了——哎啊！季小姐妳怎麼了？怎麼會一臉的血？天啊！這要是讓陛下知道了還得了？」遠遠的，白琳大呼小叫的聲音就已傳了過來，她天生特殊的洪亮嗓音，將這些話傳得好遠好遠……

「白琳，住嘴！」蓮瞳皺眉瞪向白琳，怒斥。

白琳已經跑過來，雖然氣喘吁吁的，但還是能非常俐落地做完一系列動作：「內皇務大

總管白琳，請頌蓮王日安、請王君日安。」

也不待蓮瞳說一句「免禮」、「平身」什麼的，她已經逕自站起，跑到季如繪身邊，看似隨意地將兩名挾制住季如繪的武衛推了下，就已將兩人給推退了三四步——

「季小姐？季小姐？妳還好吧？天啊，這可怎麼辦才好？蓮帝陛下方才還交代屬下要好好跟著妳，因為今日皇宮大宴，有許多王親貴族進宮來，雖然大多數的貴人都知書達禮沒錯，但也總有一些仗勢欺人的傢伙啊！說要是妳被不長眼的人將妳欺負了去，那小的就得提頭去向陛下謝罪啦！哇啊，這可怎麼辦才好？您被打得奄奄一息的，就差那一口氣了……」

說著說著，悲從中來，哭聲哭調、哭天喊地起來。

「夠了！」頌蓮王冷喝。「白琳，妳少裝瘋賣傻！這個賤奴冒犯本王王君，依皇例，將她雙眼剜出來都不算過，只是小小掌嘴，妳又想生出什麼是非？」

正當白琳要回話時，就聽見他們身後傳來蓮衡凝重的聲音——

「這裡發生什麼事?!」

「參見陛下——」眾人連忙行禮。

「怎麼了？」人群劃開之後，蓮衡便看到了委頓在地上的季如繪，更看到了她那張即使被披散的秀髮蓋住，仍然掩不了的血紅左頰。

心，劇烈的顫動。多年的訓練讓他輕易維持住臉上的平淡表情，但他袖子下的雙手在抖，然後是身子也控制不了的抖動，一股子既冰冷又灼熱的感覺從他胸口散發出去，在全身遊走，既是冰，又是火……到底是冷還是熱，都還沒來得及理清，到最後，也不必理清了，因為全都匯成了難以忍受的劇痛！

「如繪……」他的聲音輕輕地，動作也輕輕的。當他發現自己在做什麼時，已然是將她牢牢抱摟起來——他是看到周圍看向他的目光充滿驚駭之後，才知道自己做了什麼。

這是不該的，失儀的，逾矩的，有失皇家體面的……

「如繪！」他不帶情緒的目光淡然掃過每一張熟悉的面孔，卻沒有一張被他記入心裡。當他低下頭時，才知道當一個人滿心只想著某一張臉時，其他的，再也無法進入自己的心中，縱使看了，也是看不見。他只看見她，被他抱摟在懷中的她。

「走，朕帶妳去找太醫。」他低聲喃喃，彷彿只是在說給自己聽，為著，就是下一個明確的指令，讓六神無主的軀體得以執行動作。

「陛下！你這樣成何體統?!」頌蓮王擋在蓮帝面前斥喝。不敢置信蓮衡居然做出這樣不可原諒的事！他堂堂一個盛蓮尊貴的男子、全盛蓮子民的表率，怎可做出如此失分寸的事?!

更別說——還是一個男人抱起一個女人，這簡直荒唐！太不像話了！

蓮衡沒有看向被他向來敬重的蓮瞳，只以不帶感情的聲音命令道：

「走開。」

「陛下！」蓮瞳臉色奇差，不敢相信自己會被蓮帝如此對待。

「別擋住朕的路，走開！」聲音仍是很低，但語氣是前所未有的嚴峻。

形勢轉為對峙。

一個握有實權，且向來呼風喚雨的女人，是無法容許被人無禮命令的，即使那人是皇帝！

她沒有退，無論如何，不能退！

那麼，該退的是誰？皇帝嗎？

皇帝又豈能退?!

再怎麼的無實權無實勢，身為一個皇帝，他的尊嚴，是即使以死亡為代價，也不容許被褻瀆！

於是，在眾人屏息瞠目下，蓮帝以肩膀頂開頌蓮王，毫不費力地抱著一女人，大步離去。

而這個消息，即使被在場的頌蓮王、大司徒、小司徒、白琳大總管等人嚴令要求不許傳

揚出去，但還沒到晚上，卻也已經流傳得宮裡上下都知曉了！

在這些窸窸窣窣的交流裡，眾人雖滿足了對八卦消息的渴望，卻也有著深深的恐懼。當軟弱的蓮帝不願意再軟弱，生平第一次與頌蓮王對上時，那就表示……

要變天了。

❦ ❦ ❦

「呵……」虛弱的笑聲。

「別笑，妳的臉會痛。」

「不妨的，我已經好多了，你這藥很好。方才你對頌蓮王那樣……在我的故鄉，會說這叫『衝冠一怒為紅顏』。想來，也真是榮幸了。」季如繪聲音很輕，盡量在開口時，不要太扯到臉部肌肉。

「藥看來還是差些，還沒消呢。」蓮衡低低說著。「我已經叫人速傳花神醫進宮，她很快就到了。到時請她讓妳盡快消腫，不然如何出席宴會？」

「啊，是了，得出席呢。你在我臉上敷了什麼？好涼。」她小心伸手要摸臉，但被蓮衡阻止。

「別碰，藥效正在走。」

她的手被他抓著，然後也就不放了，她這才發現他向來溫暖的掌心顯得很涼，看著他道：

「其實剛才你讓白琳來了就可以，不必親自過來的。與頌蓮王這麼早對峙，不是你本來的打算吧？」

蓮衡聽到頌蓮王三個字後，臉色馬上沉了下來。

「我壞了你的事。」季如繪說了這句後，突然想了下，看他，問：「提早讓你們的衝突浮上檯面，其實也算不上壞事吧？」

「確實算不上。」蓮衡笑了笑：「即使不是這件事，在今晚，也終究要決裂。提早了，反倒好。那麼今晚她便不能以輕鬆自在的神情，讓飛揚國的求親造成既定事實。百官都知道朕與她翻臉了，那麼接下來，在宴會上被朕冷待，也是合情合理的事了吧。」

「所以說，計畫得再周詳的事，總也比不上突如其來的變化。也不知道這對你來說，是好還是壞了。」

「不談這個了，既然妳現在可以說話，那朕倒很想知道，為何妳會與頌蓮王遇上，還被她尋到了錯處，藉口罰妳？」

「我在找你，不幸遇到了她，又看了她的王君好幾眼，她不高興。」季如繪簡單說道。

蓮衡聞言橫了她一眼，聲音變得有些怪怪的——

「頌蓮王君，很美吧？」

「美不美我倒沒怎麼注意，但就是覺得有種很熟悉的感覺……非常奇怪，我很確定這輩子都沒見過他，甚至從來沒見過類似於他的人。」她也不理他近似於吃醋的口吻，畢竟沒有什麼好吃醋的。

「妳為什麼會對一個從來沒見過的人——」

「蓮衡，你能不能明確地回答我一件事？」她打斷他的怪腔怪調，一切正事要緊。

「什麼？」蓮衡被她嚴肅的神情一望，當下也把一些雜思拋開。

「頌蓮王府遇刺一事，主要的刺殺目標，是否就是頌蓮王君？」

「……這是妳的結論？」

看他的表情，季如繪覺得自己應該猜得八九不離十，於是又問：

「那麼，是你想殺頌蓮王君，還是你的另一個合夥人想殺？殺的原因是什麼？」她怎麼也想不透，殺了一個攝政王的夫君，到底能改變政局什麼？

在蓮衡還在考慮要怎麼回答她時，她又問道：

「今晚，你是否還計畫著殺人？」

沒有回答，直接無言了。

絕世雙生，盛蓮覆始。

金銀相易，乾倒坤移。

花季起落，墨蓮將開。

這六句讖語，是皇室不傳之秘，最初的來處已然不可考。沒有以文字記載下來，代代都是由上一任盛蓮帝王在退位或崩殂之前，口頭傳承給下一任帝王，於是又被稱為「蓮帝遺讖」。讖語本身沒有任何注疏，任憑每個帝王去理解這句古老讖詞的意涵，並加以留意防範。

有的帝王毫不在意，認為這不過是古老時代，出自某位巫師無所根據的占卜，隨著時代改變，巫門一派已然式微，唯花氏一門獨大，證明巫門的占卜基本上屬於招搖撞騙、危言聳聽，企圖以亂言來爭取皇室的重視，提升自家地位，但她們還是失敗了。

在一千多年前，每一任蓮帝大抵還是相當關注這句話的，但隨著國家的長治久安，千炫大陸一片太平，國與國之間或有較勁，卻甚少真正兵戎相見，眾蓮帝們也就放下多餘的操

心。

然而，就在五百年前，許多問題逐漸浮現，先不提人口的減少，與墨蓮的數量逐漸增多，讓人口結構為之失衡，光是皇室本身就產生大問題——每一任的蓮帝壽命愈來愈短、子息愈來愈艱難，傳到上一任蓮帝時，居然就只有兩位皇女，到了蓮衡這一代，他是獨子，而且還是墨蓮。產下蓮衡之後，蓮帝與帝君便再無所出，並先後病故。

上一任蓮帝在蓮衡二十三歲那年病故，蓮帝將遺讖告訴他之後，撐著病弱的身體與他密談了一天一夜，最後要求他在有生之年，完成一件事——做出選擇！

選擇什麼？

季如繪靜坐在蓮衡身邊，對舞台上精采的表演視而不見，即使此時表演的團體正是今晚的主秀——綠島合唱團，目前已經唱到她點播的那三首歌，因為曲風委實怪異，四周本來邊聽歌邊吃喝的貴人們，全都張口結舌看著台上，一時不知該如何反應。

「別想了。他們唱出妳點的歌，所以這個團的團主，正是妳要找的故人？」蓮衡應酬完了飛揚國長公主的敬酒，一番禮尚往來後，由著大司徒將貴客引到王公大臣那邊敬酒，而那些人都被舞台上的怪異唱腔弄矇，全都傻眼，終於讓他得到些許私己時間。

「是。」季如繪點頭。

「朕方才才知道，這人叫花靈，正是曾經大大得罪過頌蓮王，被頌蓮王滿天下通緝中的人。也真是太膽，如此明目張膽地進宮來。」

「不談她了。蓮衡，我問你，這十幾年來，你對那六句，有何理解？」

「沒有辦法印證的事物，有再多想像也沒有用。有時候，只憑想像去做事，是危險的。」

他的目光轉到下首不遠處，頌蓮王所端坐的方向。

自從下午兩人在迴廊那邊有所衝突之後，晚宴一開場，縱使音樂悠揚、曲風歡樂、寒暄不絕，但每一張笑臉背後，都夾帶著十二萬分的小心翼翼，焦點無不放在頌蓮王的冷臉，以及蓮帝不同於尋常的冷淡。開宴至今，已有一個時辰，兩人仍然沒有正面講過話。

蓮衡看的不是頌蓮王，而是她身邊的周夜蕭。而季如繪看的，卻是大司徒富天虹。這個女人，向來被蓮衡信任，因為富天虹是上任蓮帝特意栽培起來輔佐蓮衡的顧命大臣；可以說，富天虹甚至知道了許多也許連蓮衡也不知道的事。畢竟在蓮衡還沒登基之前，富天虹已是前蓮帝的心腹，在暗中為前蓮帝做出許多不為人知的事。

富天虹說：周家兩兄弟必須死！

她之所以這樣說，是因為這是前任蓮帝的遺命！

「你有沒有想過，也許你真正的威脅，來自於她——」

蓮衡隨著她的目光看過去，知道她指的是誰。富天虹。

「我不否認。」他淡笑。「她是一個可以為達到目標而犧牲一切的人。」

季如繪望向他。問：「包括你？」

「當然。」他在笑，但眼中沒有絲毫笑意。「以前不會這麼想，現在發現自己太托大了。朕這個皇帝，也許只是她的棋子，而不是她最堅定的信仰。」

「她的信仰是什麼？」

「朕想了很久，最後的答案只有一個——盛蓮。」

「除了她，你找過其他人結盟沒有？」

「我想做的事，不會有盟友。」蓮衡的目光掃了全場一眼。這些人，永遠不可能支持他想做的事。頌蓮王不會、國師以及她背後的花家長老們不會、其他王公貴族更不會，所有手握重權、社會地位崇高的人，都不會是他的盟友……

他們的低語，被稀稀落落的掌聲打斷，兩人停止交談，齊看向宴會中央的表演台。不同於前面唱著盛蓮人耳熟能詳的歌曲時那樣的大受歡迎，得到如雷的掌聲，當他們唱完三首不知道該怎麼理解的歌曲後，現場除了開頭有幾聲客氣的掌聲外，接著寂靜到了極點。

也就是說，冷場了。

負責主持的禮部司儀連忙上台要安排合唱團的人退場，好接著讓熱鬧的雜耍團上來熱一下場子。

而台下，蓮帝不理會眾人側目的眼光，拍了幾下手後，站起身：

「好曲、好詞，所謂曲高和寡，正是如此。」

「是嗎？無法入耳的歌曲，就以曲高和寡稱之？恕臣下難以同意。」頌蓮王也站起身，淡淡地說道。

其他大臣們猛烈的抽氣聲姑且忽略不論，就見大司徒已領著飛揚國長公主應酬一輪回來落坐，見到這樣的陣仗，忙要圓場，走到兩方對峙的中間，提高聲音公開道：

「為了歡慶吾皇登基十二年，當與諸君一醉，今日是我盛蓮花月良宵，美酒則是飛揚國皇窖所藏美酒，如此好時光，切莫辜負，恭請吾皇舉杯與臣下同樂！恭請飛揚國長公主舉杯與諸君同樂——」說完，退開兩步，讓飛揚國長公主與蓮衡並列在一起，招手讓早已恭舉美酒等待在旁的宮男魚貫上前，一一為所有人添酒。

飛揚國長公主先是對左側的蓮瞳頷首舉杯為敬後，才看向蓮衡，道：

「大好江山，若能與君共扶持，為君分憂，此乃在下之幸事。」

蓮衡一手持杯，一手將身後的季如繪給拉到身側，溫笑道：

「寂寂江山，百年孤孑，公主金尊玉貴，朕豈能以孤孑相與？不如今日不醉無歸，同歡共樂，方是盛蓮應有的待客之道。」

如果他婉拒的詞令，還有人硬是不明白的話，那麼他表現出來的姿態——將季如繪攬在身側，這就很明顯了吧?!

飛揚國長公主臉色一滯，眼神銳利地刺向沉默的季如繪，絲毫不掩飾其中的鄙意，再開口時，語氣已沒有方才的好聲氣——

「蓮帝的意思是，終身不婚，只消有個玩意兒伴在身邊打發時間即可，是嗎？堂堂盛蓮蓮帝，竟以此輕賤自身身分，教世人知曉了，豈不——」

「什麼人！」

突然，人群裡暴出一聲大吼，接著是一群武衛團團圍住宴會中心點。

此番突發的異動，讓原本沉浸於歡樂之中的貴族高官們為之一驚，紛亂成一團，四周的音樂也隨之戛止！

季如繪很快要上前一步，擋在蓮衡面前，但蓮衡已早她一步將她護在身後。而武衛早已在蓮衡的前後左右緊緊保護住。

飛揚國長公主的隨身死衛也迅速形成一道人牆，將她圍攏。

頌蓮王立於周夜蕭身前。

花吉蒔原本正在關注著躲在角落探頭探腦的花靈，眼下的突發狀況，讓她不得不專注於對長老們的照顧，回頭一看，才驚覺有兩名長老，不知為何竟已不在身邊，四下尋找，才發現那兩名長老竟悄悄接近頌蓮王那邊，不知企圖為何……然後，她的目光最後定在一臉凝重的大司徒臉上！

富天虹的臉色很差，雖然離得有些遠，但天生敏銳的感覺，讓花吉蒔可以感受到她身體裡散發出來的怒氣……

這麼個向來喜怒不形於色的人，為了什麼竟再也控制不住？究竟發生了什麼事？

因著這樣的好奇，讓花吉蒔將目光投向被武衛以刀尖指向的地方，而那地方，正散發著不尋常的光，那光……

碰！

平空出現的光團，光團裡平空出現了一抹人影，然後，掉落了下來，五體投地地掉落了下來。

「哎唷！」那掉下來的人還敢哇哇大叫。

老天爺……

花吉蒔再也承受不住，整個人踉蹌兩步，雙手抱頭，差點跌坐在地，從心底深處咬牙出三個字──

「花、詠、靜！」

「咦，這是哪？怎麼這麼多刀？」跌得七葷八素、披頭散髮的花詠靜一手抱頭一手揉臀──因為這是她掉下來時跌疼的地方，搞不清楚地問著。

「大膽刺客！抓起來──」

「咦，那人長得好像花神醫……」警報似乎解除，有人開始竊竊私語。

「慢著──」頌蓮王出聲，一手格開武衛，大步走過來。

她正想說些什麼時，突然變化又起。瞬間，四周的燈火全滅，在燈火滅掉的瞬間，四面八方傳來暗器破空的聲音，咻咻咻咻地，尖銳得讓人頭皮發麻，隨著此起彼落的慘叫聲起，所有人在黑暗中哭叫不休、亂成一團──

「夜蕭！」頌蓮王暴吼，卻發現在伸手不見五指的黑暗裡已然失去方向，找不到夜蕭。而她的聲音，也在衝天的哭叫聲中被淹沒！

「快點燈，什麼也看不見，燈呢?!」有人在吼。

「如繪──」當所有皇衛第一時間以身為盾，將蓮衡擠往安全的角落時，蓮衡大叫。

「我在這裡。」季如繪一直沒離開蓮帝身旁，抓住他驚惶的手，雖然不知道暗器從什麼地方飛來，但她仍試圖保護他，見他身上的銀絲龍袍在月色下隱隱有微光，忙將自己的黑色外袍脫下，將他披住。當她手搭上他肩窩時，突然感到手背一陣刺痛——

「唔！」中標了！她極力忍住痛叫，只隱隱悶哼一聲。

「如繪?!」

「沒事，我撞到了一下。」她道。同時將他身形壓低。「別起身，這個角落還算安全——唔！」話還沒說完，後背突然被人撞到。

「怎麼了？」

「有人撞到我身後，他好像受傷了。」季如繪轉身要看人，就著昏暗的光芒，她依稀認出這人居然是頌蓮王君！「是他！」

「是誰？」

「頌蓮王君，他昏迷了。」她使力將周夜蕭拖進角落較安全的地方。發現自己在他肩膀上觸得一手濃稠的液體。是血，她知道。

「是他！」蓮衡的聲音在黑夜裡有一種肅殺氣息。

如果狙殺周夜蕭是這次行動的主要目標，那麼，成功或失敗，就看蓮衡怎麼打算了。

蓮衡還沒決定好怎麼做，一道呼叫的聲音便從他們左側矮樹叢裡處傳來，由於皇衛守在角落的入口處，誰也沒防到被草叢掩住的地方，竟有人可以通過來！

當兩人聽到窸窸窣窣聲時，立即提高戒備，季如繪移到蓮衡身前——

「到我後邊去！」他喝斥。

季如繪以行動證明在盛蓮這個國家，女人才是出頭的那一個。

「格非，多虧你今天路線考查詳實，瞧，誰會知道這個樹叢裡別有洞天！你跟在我身後要小心爬好，唔，好痛！這些樹叢有刺，痛死人了，我流血了啦。」花靈哇哇嗚叫。

「花靈！」季如繪低聲咬牙叫。

「誰叫我？」花靈好訝異，正好已經爬到樹叢的盡頭，開口說話時，頭也正好探出來。

「是我，季如繪。」

「什麼？季如繪?!等等，格非，夜明珠給我一下，我確認一下人——」她七手八腳爬出來，探頭向樹叢裡低叫。花靈沒想到這塊小角落能容人的位置已經不多，在轉身時，突然腳下一絆，往後倒去！「哇啊！」

「花靈，妳！」季如繪首當其衝，沒有防備地被花靈一撞，只能跟著往後倒去，為了不壓到蓮衡，她只能極力倒得偏一點，再也沒有能力去管顧可能會壓傷地上正昏迷著的周夜

蕭！

當花靈壓著季如繪，兩人別無選擇地一同倒向周夜蕭時，從樹叢裡鑽出來的李格非、待在季如繪身側的蓮衡都同時伸出手，要抓住他們心中掛念的人兒，結果四個人全跌成一團——

轟！

強烈的金光瞬間從他們身上一同發出，暴亮的光芒彷彿黑夜中昇起的太陽，讓人無法逼視，接著是一聲衝天的爆炸聲起，五人所在的地方被一股巨大的光圈包圍住，在光圈之外形成一道龍捲風，飛沙走石，將周遭的草木什物都高高捲起，威力之大，數十尺內誰也不能近，只能被不斷的逼退！

頌蓮王心急如焚地在人群裡尋找失蹤的周夜蕭，但混亂的場面又容不得她甩手不管，只好吩咐親衛努力去找到王君，將他帶到安全的地方，而她則開始組織所有禁軍，很快地做出決策，將軍隊分成五部分——一部分的人維持秩序；一部分的人去清剿刺客；一部分救治傷員；一部分的人守在皇宮外城，不許任何人離去，若有可疑人物，一律先送進大牢；一部分的人保護皇帝與飛揚國長公主！

「掌燈！」當她拿到下屬點燃的火把時，方下命令，就見西北角隱蔽處暴出巨響，然後

是讓人張不開眼的強光閃起，而突來的心痛讓她幾乎站不住腳！

於是，她便知道——夜蕭在那邊！

當在場所有人還在哭號不休、不知道發生什麼事時，有幾個人則相對冷靜，分別往光圈的方向衝去——

這時，富天虹臉色猙獰失控，無法控制自己的音量，大吼命令：

「射向那邊！快！快！快！」

然後，所有在天空中亂射的暗器，在一會之後全都轉向！

「妳瘋了！」花吉蒔一直站在離富天虹不遠的地方，所以非常清楚富天虹說了什麼，而當她這麼說時，一切也就明白了——這些刺客絕對與富天虹脫不了干係！她衝到失控的富天虹面前，一掌擊向她的脖子！

富天虹險險閃過，瞥見花吉蒔腰間的宗主法劍，眼睛一亮！尋機一把搶過那把「花家法劍」，得手後，便往那光團衝去。

「我的劍！」花吉蒔大驚失色，飛快追過去！

太大意了！那劍上的法咒，可不是一般人禁得起的！若是被濫用，會遭致天大的災難

——

混亂、混亂、無盡的混亂！

光團、風暴、人力再也阻止不了的驚天力量，終於暴開！

轟轟轟——

一聲又一聲，在空氣中造成看不見的劇烈波紋，將每一個試圖接近的人、每一只投來的利器，都遠遠甩開！

誰也不能接近，誰也無法阻止。

8 千年咒願

巨大的光團在地面停頓了沒多久，隨著龍捲風的力道愈來愈強，像是終於蓄積完了力量，突地，一鼓作氣，往天空沖去，然後——

地火引燃天雷！

天空一片轟隆隆的咆哮！

烏雲從四面八方堆聚而來，交互碰撞，頓時雷聲大作，金色的閃電在天空四處流竄，天空像是一片被打得龜裂的黑色玻璃，隨時都要崩塌！

所有的事情都發生在一剎那間，教人難以置信，也猝不及防！

無從解釋的天變！大地彷彿也在呼應著，搖晃著！

在盛蓮最詭異的這一夜，已經被層出不窮的異變驚得心力交瘁的眾人們，再也支持不住地崩潰了！

刺客、達官貴人、武衛……所有的人類，在天空的咆哮聲裡，全都不再重要！也沒有人在乎！

當暴雨像決堤的怒河從天而降，每一滴落下的雨都像鵝卵石那麼巨大，打在人身上，任誰也受不了！地面上的人，不管是傷人的、救人的、找人的、躲人的，全都只能在求生的本能下做一件事──找片屋頂躲雨！如果那片屋頂還沒被雨打穿的話。

至於那些還不死心，非要往光圈曾經肆虐過的方位奔去的人，也都在絕對的黑暗中，被暴雨打得東倒西歪！別說想辨別方向了，光是想站起身，都是件難以做到的事！他們只能在無可抗力的天災中匍匐著前進。

「夜蕭！」黑暗中，蓮瞳的聲音被巨大的雨聲打散。她混身泥濘不堪，甚至沾滿了血污，但憑著過人的毅力，以及對皇宮一草一木的熟悉，黑暗並不能真正困住她的腳步！

「蓮瞳──」花吉蒔閉上眼，憑著天生的靈能，跟在蓮瞳身後。她也已經被巨大的雨勢打得力氣散盡，但她不能退，一方是為了蓮瞳，另一方面是為了蓮帝！雖然眼下太過奇詭的情況，一定是有什麼重大的事發生了，她必須盡快弄清楚不可，但在那之前，蓮瞳與蓮帝都不可以出事！

他們是國之重心，花家必須以命守護。

而富天虹搶走她法劍衝向光圈一事，也讓她非常憂心！

如果不能找到蓮帝，至少要找到富天虹！

「在這裡！姊、頌蓮王，他們在這裡！」似乎有人在左前方極力大吼，可那聲音卻無法傳出來，因為被大雨打散了！

但花吉蒔立即知道這是花詠靜的聲音！拼著一口氣，衝了過去——

無法解釋的天氣異變，就這麼突如其來，讓向來風和日麗的盛蓮國，沒有任何防備陷入了無止境的黑暗煉獄！

天黑地暗、暴雨如劍，不斷地攻擊著地面生靈，曾經如詩如畫的美景，哪裡還能得見？無盡的殘破，才是它最後的結局。

狂風、暴雨、黑布般的天空不時雷電交加！已經分不清是白天還是黑夜了，因為天都是黑的，天與地之間，有著落不盡的大雨，打得人生疼，不敢出門，雖已然沒有初時那樣顆顆雨滴都是小石子般大，但走出去也是受不了的，沒有任何雨具能夠擋得住！

三天三夜下來，水位升高，盛蓮國向來就土地稀少，在這場不知何時會停止的暴雨裡，已經有一千多個島嶼被水淹沒，其它則正在被淹沒！

幸而盛蓮人大多以船為屋，就算居住在陸地上的人，也擁有私人的船屋可避難，即使盛蓮人精通水性，也仍是在這次天災裡造成了傷亡，傷亡的數字不斷地傳到朝廷，然而百官卻束手無策！

大司徒富天虹在那一夜之後失蹤，至今沒有出現。而這樣艱難的天候，根本無法出門找人，全國的軍隊民防都已經全部動員去救災，安置每一個島的災民，並組織船隊，帶領他們到各個山洞、雨勢較小的地勢去躲災，而若所在地找不到天然屏障的，就以鐵鍊勾住每一艘船，環環相扣，圈成巨大的船體，牢牢結住，不讓洶湧的大水將船沖走。

「為什麼會這樣？原因找出來了沒有？」蓮膧全身濕淋淋地衝進神殿，連衣服也顧不得換，任由兩名貼身侍衛抓著衣服在後面追趕。她整天都在外面巡視京島的災況，指揮救災，心中掛念著正昏迷中的周夜蕭，當然，至今仍未清醒的蓮帝也在她擔憂之列！

「不是好消息。」花吉蒔滿臉的蒼白疲憊。她已在祈天蓮台上祈禱了一日一夜，用盡了方法，施盡了靈力，祈望能乞得旨示，或者求得上天垂憐，讓暴雨停止，但一點用處也沒有！

「說明白點！何謂不是好消息？」已經三天三夜沒闔眼的頌蓮王沒有太大的耐心去聽花吉蒔把一件事說得迂迴婉轉，眼下她只要聽最明確的答案。

「不好的消息有三。第一，我以血施祈問術，竟無法得到神示，上天沒有給我任何指示，所以我無法知道這暴雨因何而來，而我們又該怎麼做，才能平息這場天災。第二，我施行回魂術，都無法讓這五個人轉醒，他們的氣息雖是稍弱，但並沒有任何損傷，彷彿只是陷入沉眠，卻無法讓他們醒過來。第三……第三嘛……」花吉蒔沉吟，像是考慮該怎麼說，或該不該說。

「第三什麼！」

「第三，妳的王君……情況與其他人不同，他……恐怕，再也找不到方法讓他醒過來。」

「這是怎麼回事！妳不是以花靈的血讓他醒過來了嗎？那如今為何——」蓮膧震驚大叫。

「我不曉得。花靈的血無法再起作用，我沒辦法解釋，查遍了花家所有典籍，也沒有解決的辦法。」

「怎麼可能會沒有辦法?!如果花靈的血曾經可以讓夜蕭醒來，那麼這次一定也可以！或許是血量需要更多，或許需要施更重的法咒，妳再試！去試！一定要讓夜蕭醒來！」蓮膧說完，轉身：「我立即就去取她的血過來！」。

「蓮膧！」花吉蒔及時拉住蓮膧衝動的步伐。「妳冷靜點！在花靈昏迷時取的血根本無

法施咒！而且此刻花靈正因為不明原因昏睡，如果妳貿然取她的血，可能會造成她生命的危險，我不會讓妳這麼做。」

「既如此，那就讓本王叫醒她！睡了三天，她也該醒了！」手一甩，將花吉蒔揮開，很快衝進神殿的偏房。

神殿，其實全名是「護國神殿」，當神殿不執行國祭大典時，它大多時候只有一個名字，叫——花氏宗祠。

花氏宗祠位於京島唯一的一座山裡，這座山，叫神山。神山中心有個天然形成的洞穴，可容數萬人進駐，同時也是個堅不可摧的堡壘。比起被雷擊、被大雨打穿屋頂、已不知殘破成怎麼樣的皇宮而言，花家宗祠自然是蓮膧最好的選擇。

兩千年前，第一任蓮帝將此山封給花家，以做為花氏宗祠，只有宗祠中心點的祈天蓮殿，屬於國家。歷代的花家宗主與長老便長駐於此，施法、安神、祈福，為國祝禱，即使是死亡，其骨灰仍是供奉於神殿的左側。與右側的歷代蓮帝、先賢偉人骨灰並存，永世守護盛蓮。所以花家宗祠，同時又是護國神殿。

那五個還在昏睡中的人，一直被安頓在同一處，自從經歷過刺客事件之後，皇宮已不再

是個安全的地方；加上後來天災異變，這種非人力所及之事，只能將希望放在花家身上，盼能從神明那裡求取解決之道。於是蓮瞳當機立斷，將花靈等人全護送到花家宗祠裡，並以花家宗祠為救災指揮中心。

這裡向來不輕易給外人進入，就算皇室的人想要進來，也得有蓮帝與花家宗主的允許才可以。如今意外的天災突至，蓮瞳與花吉蒔也管不了那些繁雜的規矩，盡可能地開放所有空間讓人民進來躲災。如今除了山洞第二層的神殿與藏書閣等重地不能讓人隨意進來外，第一層的空間全塞滿滿近十萬人，擁擠非常。

而花靈等人正是躺在藏書閣偏間的小休息室裡，因地方侷促，所以也無法有太多講究，蓮帝、周夜蕭並躺在靠內側的一張錦席上，而花靈與李格非、季如繪三人，則被隨意放在靠近門口的地上，身下連墊塊布也沒有，也不太有人伺候，有時人來人往的，不小心還會絆上一腳。

「哎唷！」

蓮瞳大步踏進偏室時，就聽到一聲痛叫。而她自己也因為地不平而踉蹌了下，幸好本身學武，很快維持了平衡，站穩身子。

「誰——」正要怒斥絆著她的人，但一看清是誰之後，也就只能以既無奈又咬牙的聲音

道：「花、詠、靜！妳杵在門口做什麼！絆人很好玩嗎？」

「我好好的在給他們把脈，妳自己亂衝進來也不打一聲招呼，踩到人也不會覺得虧欠嗎？還罵人呢！」花詠靜淚汪汪地撫著臀部指控。

「妳……算了，現在不是跟妳計較的時候！眼下妳該關注的人是本王的王君，以及蓮帝的身體，妳不關照著他們兩人，杵在這裡幹什麼？這些人……」蓮瞳眼中閃過厲光。「不過是低賤的奴隸與通緝犯，要不是眼下天災肆虐，沒空料理他們，他們早該打入天牢，甚至流放去殘蓮島了，妳——」

花詠靜根本沒在聽蓮瞳放什麼狠話，她已經很習慣把別人無聊的空話當耳邊風，尤其在她眼下正忙的時候。

「花、詠、靜！本王要求妳立刻救醒陛下與王君，妳聽到沒有！」見花詠靜直接無視於她，蓮瞳差點氣得一刀砍了她，也不說什麼狠話了——反正也沒人聽。直接下命令。

「蓮帝陛下只是在沉睡，睡飽了就會醒來；王君這種昏迷，如果堂姊也解決不了，我自然也不行，唯一可以做的，就是把花靈救醒，也許花靈有辦法。我這不是正在做嗎？」花詠靜抱怨完後，突然低叫了一聲：「啊！不對！」

隨後進來的花吉蒔問道：

「有什麼不對？妳發現了什麼？」

花詠靜站在原地發呆了會，突然又撲回地上，雙手齊伸，同時抓住了季如繪的手腕與花靈的手腕把脈，整個人前所未有的嚴肅起來，然後是滿臉的不可思議，傻傻地輪流瞪著兩人，張開口卻無法說話。

「詠靜？」花吉蒔與花詠靜同為姊妹三十五年，從來沒見過脫線少根筋、做事永遠搞不清楚輕重緩急的堂妹露出這種嚴肅的表情。所以她也警戒起來，低問：「她們……怎麼了嗎？」

花詠靜怔怔的，還是無法開口說話。突然，她暴跳起身，左看右看，目光定在周夜蕭那邊，就要飛奔過去——

「妳做什麼！」蓮朣馬上攔住她，生怕行徑怪異的花詠靜對周夜蕭造成傷害。

「啊！」花詠靜撞到了蓮朣，也沒空理會兩管鼻血正緩緩流出來，怪怪地看著蓮朣，有點恍然地拍著自己的頭：「我一時搞錯了。應該看妳才對——」

「什麼意思——妳做什麼！」蓮朣還沒來得及反應，就被花詠靜抓住了腕脈，她怒叫甩開花詠靜的手，力道沒有控制，竟將她遠遠甩飛。

幸好花吉蒔早候在一旁，很快接住半空中的花詠靜。

「蓮瞳！妳何至於如此！詠靜只是個手無縛雞之力的人！」花吉蒔不諒解地怒叫完，忙要檢視懷中的詠靜，問道：「妳沒事吧？」。

「原來如此……」花詠靜還在看自己的手。

「妳發現了什麼？」花吉蒔神色也為之一緊，她感覺到花詠靜一定有什麼重大的發現，而且那與現在的天災異變有絕對的關聯。

「妳——」花詠靜指著頌蓮王，說道：「懷孕了。」

蓮瞳錯愕。「妳在胡說什麼！」什麼懷孕！

「詠靜，頌蓮王額上並沒有蓮瓣浮出——」花吉蒔指出明顯的事實。每一個盛蓮女子，一旦懷了身孕，額頭上就會浮現淡粉色的蓮花瓣，這是所有人都知道的事。

花詠靜沒有理會她們兩人的瞪視，又看向季如繪與花靈，好一會後，又指向她們道：「她們，也懷孕了。」

「什麼！」

「妳胡說什麼！」

這兩句話，同時出自不知何時清醒過來的蓮帝與李格非，他們都坐起身，吼叫出聲！

花靈懷孕了？這怎麼可能！李格非根本不信。

季如繪懷孕了？不可能！蓮衡激動得幾乎又昏過去。

「詠靜，這是不可能的，別說她們額上沒有蓮花瓣了，李格非是墨蓮，他無法讓花靈懷孕。」花吉蒔是在場唯一還能冷靜的人，但她也是過了好一會才能開口說話。

花詠靜搖搖頭，臉色非常凝重，她看向堂姊，道：

「千年咒願。」

「什麼千年咒——」花吉時不知道她在說什麼，正想接著問，但還沒問完，腦中突然一轟，因為這四個字——千年咒願！「為什麼突然提到——」她顫抖得幾乎無法發出聲音。

「破咒了。」花詠靜輕聲說著。

外頭的暴雨聲即使隔著厚厚的山壁，仍能轟轟然地傳進來，花吉蒔與花詠靜沉默相對，眼中都有著驚疑與不確定。

「破咒？」花吉蒔指著上方，難道外面的天候異變，是因為……

「應該是。」花詠靜點頭。

「不、不可能！」

「我數過了，這三天總共打了二千又九十九聲響雷，然後，就不再響了。這是破咒驚雷……」

「花吉時——」蓮膧大叫出聲，她管不了什麼咒願，她只想知道懷孕是什麼意思。

但花家姊妹倆並沒給她開口的機會，就見花吉蒔飛奔向花靈——

「妳做什麼！」甫清醒過來的李格非怒叫。撲上來阻止時，花吉蒔已經在花靈身上翻扯一遍，像在找什麼！

花吉蒔找不到她需要的物件，失控地扯著昏睡中的花靈，搖晃著：

「花靈，妳醒來！快醒來！把『花承萬代』交出來！快交出來！」搖晃沒用，接著只好打。啪啪——

才打出兩巴掌，就被李格非給推開，李格非天生力氣大，一時沒有防備的花吉蒔只能往後跌倒。

「李格非！」花吉蒔又要衝上去。

李格非擋在花靈身前，寒聲道：

「我不許妳動她！」

花吉蒔突然想起花靈曾經戲言說要把花承萬代送給李格非當聘禮的事，厲聲問他——

「李格非！我問你，花承萬代是不是在你身上？」

「我沒有必要回答妳！」李格非冷漠道。

「看看外面的暴雨！想想外面的千萬生靈！李格非，現在不是鬥氣的時候，快告訴我花

承萬代的下落！難道你要眼睜睜看著盛蓮滅亡嗎！你知不知道在你們昏睡的這三天，盛蓮國已經被暴雨淹沒一半了！已經死了無數人了！」花吉蒔再也無法冷靜，暴吼出聲。

「姊，妳想做什麼？妳莫不是想施命咒來續千年咒願？」花詠靜問。

「對！我們必須想辦法補救！」花吉蒔說完，又看向李格非：「交出花承萬代！那不只是我花家的令符，還是盛蓮國的護國之鑰！只有它才能平息這場天災！」

「姊，我們的能力並不足以續千年咒願，妳知道的。」花詠靜似乎還在思索什麼，講話的聲音非常緩慢。

「就算拼上所有花家人的命，我們也必須這麼做，還有，花靈！快醒來！這是妳回到盛蓮的任務！妳是花家嫡系，身負無可規避的責任，妳必須守護盛蓮！妳醒來！」花吉蒔大吼。

「唔……」花靈可憐兮兮的低嗚微弱地響起，卻讓小小斗室瞬間沉靜下來。

「吵什麼！」這是季如繪帶著火氣的聲音，她有起床氣，痛恨正好眠時被鬧醒。

「花靈，妳沒事吧？」李格非忙將她摟進懷中。

「好痛！」花靈雙手捧著兩頰，淚汪汪地哭訴。

「如繪！妳還好吧，妳——」蓮帝在身體稍稍有一點力氣之後，立即起身，推開身邊白

琳的扶持，歪歪斜斜地快步過來，拉住她的手，卻不知該如何說起。

蓮膧見蓮衡醒來，立即將所有的私事放一邊，雖然自身的事讓她心焦如焚，但比起私人的事，他們身為盛蓮國的統治者，眼下有更重要的事得處理。

開口道：

「陛下，現在不是兒女情長的時候。你昏睡已三日，在這三日裡，天災突至，暴雨不止，已經造成盛蓮國巨大的傷亡，整個國家陷入飄搖之境，我們現在避處於花家宗祠裡，如果陛下身子無大礙的話，請容臣稟報災情——」

「報！」就在蓮膧正在說話時，一名渾身濕透的黑衣人跌跌撞撞地飛奔過來，被門口的武衛以槍擋住，但黑衣人全然無視，整個人即使虛脫地跌坐在地，仍大聲地對頌蓮王報告道——

「稟報頌蓮王，有一批官兵正領命前往殘蓮島進行對墨蓮的屠殺！」

「領誰的命？」蓮膧與蓮衡同時怒問。

「皇皇、皇令！」這名屬於頌蓮王的私人密探這才看到原來蓮帝也在這裡，不禁嚇得一陣哆嗦！

「皇令！」蓮膧怒叫：「好大的膽子！是誰假傳聖旨？」

「屬下不知——」

「朕知道是誰！」蓮衡驚怒交加，咬牙道：「是大司徒富天虹！她竟敢、竟敢——」說完，不顧身體的虛弱，往外走去，叫道：「來人，速取聖令飛火石！」

「是！」恭立於門外的蓮帝貼身死衛立即應諾，飛快去取。

「備船！朕要立即出發到殘蓮島！」蓮衡叫完，不顧腦中一片暈眩，還是往樓下走去。神山的山洞，他每年至少進出三次，對於地理位置相當熟悉。

「陛下！請冷靜，現下外頭暴雨肆虐，不宜出行，亦無安全的船隻可以提供長途行船——」蓮膧與花吉蒔同時衝上來扶住蓮衡。蓮膧說道。

「陛下！您既已要發出聖令，就無須親自出發到殘蓮島，這些事交給軍隊去執行即可，若是擔心事情無法控制，那就將這個任務交付予頌蓮王吧！眼下，屬下需要您待在神殿裡，為國祈福——」花吉蒔急切說著。

蓮膧也同意，道：

「陛下，恕臣下直言，你此刻就算趕到殘蓮島，亦於事無補，還是讓臣下領軍前去吧。」

「花國師……頌蓮王，妳們不明白——」這時見到皇衛統領已將聖令取來，他飛快接過，人已來到一樓。

擁擠不堪的一樓，蓮帝與頌蓮王的出現，造成一片呼跪聲，所有的人都跪下，更多人是哭號，為著不知道盛蓮的明日將如何而惶然無措，徹底崩潰。

許多在一樓維持秩序的官員行完禮後，就跟隨在蓮帝與頌蓮王身後，等候指示。

蓮衡沒空理會這些人，他衝到外面，不顧所有人的阻攔，甚至來不及將傘撐在他頭頂，讓他少受點風雨侵襲，他便已衝進雨裡。

在一陣複雜的手勢中，他手中的聖令飛火石突然被引燃，雖處於暴雨中，卻絲毫無礙於飛火石的點燃，而且愈燒愈旺，很快燒成烈火，甚至將蓮衡的雙手也一同燒了進去。蓮衡全身冷汗直冒，痛得臉孔為之扭曲，但仍然在等飛火石的火焰燃到最巨大，所以沒有鬆手！

「陛下！」所有人都驚叫出聲。

圍在蓮帝身邊的都是這個國家最位高權重的人，她們自然都知道這聖令飛火石是怎麼一回事！但卻不知道當它被使用時，會對使用者造成這麼巨大的傷害！

聖令飛火石是歷代國君用來通知全國緊急事件的訊號石，製作非常困難，必須以上任國君的心血為引，在嚥氣的當下取出心血炮製，製作方法只有皇帝與神官知曉，不記於文件，只能口傳。一任皇帝只傳下一件，過了百年，即失效。

聖火令兩千年來只用過三次，兩次用於戰爭，一次用於救災，而這次，是相隔七百年之

後，蓮帝第四次使用聖火令，為了阻止富天虹對殘蓮島的屠殺！

聖火令的發出，會傳送到它該到的地方，並且會將確實命令傳達到每一位將領手中。只要屠殺的軍隊還沒抵達殘蓮島，還沒動手，這一切都還來得及阻止。

很快的，火燃燒到夠旺了，蓮帝雙手往天空一甩，就見飛火石往天際飛嘯而去，直線飛升，飛到了肉眼再也望不見的極處——「轟」的爆聲大起，在黑暗的天空開出一朵巨大的蓮花形狀的煙火之後，像是重新又蓄足了力道，火光再度一閃，往西北的方向竄去，就見密布的烏雲間，拖出一條長長的白線，白線的盡頭，正是殘蓮島的方向！

「陛下！請快隨臣下來！」花吉蒔第一個衝過來，就見她雙手結咒。即使這三日來不斷施展靈力，自身已然瀕臨枯竭的絕境，仍然強行施法，就見她雙掌間迅速結出一團冰霧，牢牢將蓮帝嚴重燒傷的雙掌給包覆住。但這也只是緊急的簡單處理而已，如果要治療，還得仰仗花詠靜的醫術才行。

「不！這些都不急，船備好了嗎？」蓮衡臉色蒼白，努力發出聲音問。

「陛下，請保重龍體，殘蓮島一事，交由臣下處理即可。」頌蓮王已經速迅部署好一切。「如今在這種天候下，唯一能行的，就只有戰船。而皇家御船是無法在這種天候出行的，還請陛下留在神殿，與花國師一同為國祈福……」

「無需皇家御船，就搭戰船過去即可。」蓮衡輕而堅定地說道。

「陛下！請你——」蓮瞳不希望在眼下國難當前，蓮衡還要不分輕重的與她較勁，有再多的恩怨，也得等這天災過後再說！

「頌蓮王，堂姊……」蓮帝看向她，自從即位以來，他從來沒再叫過頌蓮王「堂姊」，所以頌蓮王聽了也一怔，靜靜地看他。他嚴肅道：「朕不是在與妳較勁！而是，如果要讓這天災終止，唯一的方法就是到殘蓮島。不只朕得去，花家宗主、妳的王君，甚至是花靈與季如繪，也得去。」

「陛下？」花吉蒔不明白這是為什麼。

蓮衡抬頭看著暴雨的天空，沉重道：

「千年咒願，妳以為是什麼呢？」

花吉蒔不明白蓮帝為什麼會突然說出千年咒願，雖然皇家肯定有所記載，但經歷兩千年之後，其實只剩下花家還知道這件事！因為她們是千年咒願的守護者。正要問，但蓮衡已開口對她道：

「千年咒願，妳花家理解的，與蓮家理解的，並不相同。而殘蓮島，也許有正確的答案。」

於是，才剛甦醒過來的花靈、李格非、季如繪，便隨著蓮帝一同搭上戰船，當然，昏迷中的周夜蕭也在蓮瞳的小心抱摟中一同上船。一路顛顛簸簸地被戰船疾速帶往殘蓮島。

路途非常辛苦，原本戰船就不是為舒適而設計的，一切以速度與堅固為主，再加上外頭風雨交加，沉重的大船在大浪中飄搖不定，連許多經過嚴酷訓練的官兵都受不了地趴在船邊吐個七葷八素，更別說其他人了，幸好花詠靜及時調出了可以稍稍止暈船的藥水讓所有人服下。

從京島到殘蓮島，通常需要十日的時間，那還是一般商船全力行進時才能到達的路程，不過戰船則不需要，只消五日就能抵達，雖然外頭風雨交加，有時風向會亂轉，但大多時候吹的是順風，所以戰船船長向頌蓮王報告，三日之後就能到達殘蓮島。

「嗯……」花詠靜搔搔頭，左看右看，試圖發出聲音。

「想吐的話，請去外邊，謝謝。」花靈有氣無力地說著。

「不是啦，我已經不暈了，只是我有話想問……」花詠靜還是吞吞吐吐的神色。

「如果不是什麼重要的話，就別問了。大家都沒有應付妳的心情，妳要知道。」花靈好

心地提醒她。眼下盛蓮國難當頭，任誰也沒力氣理會花詠靜永遠在狀況外的無厘頭。

花詠靜吞了吞口水，小心而謹慎地環視著船艙裡的所有人——

花吉蒔正臉色蒼白地閉目祈禱，深皺的眉頭顯示著她有滿腹的心事。

蓮瞳正緊擁著昏迷中的周夜蕭凝肅不語，不時抬頭看著窗外的暴雨，眉宇中有濃得化不開的憂慮。

蓮帝閉目養神，臉色也很差，想是為了殘蓮島的狀況著急。他嚴重灼傷的雙手已經被處理好，此時正被季如繪輕輕以雙手攏著。

季如繪坐在蓮衡身邊，嚴重的暈船讓她虛脫無力地偎在蓮衡懷中，一點也沒有大女人的自覺。即使不是因為身體不舒服，她也不會理會別人，更別說她正處於極度的不舒服中了。

而李格非像也陷入重重的心事中，雖然摟抱著花靈，但目光也是放在窗外，像是恨不得立即可以到達殘蓮島。在確定花靈沒有什麼大礙之後，也就沒怎麼搭理她了。

大家心情都很差、都不想講話，花詠靜知道，可是……

「嗯，我知道大家都沒心情談別的。可是，反正現在唯一能做的就是趕路，你們難道不想趁這個空閒，談一下那些……雖然沒有國家大事重要，但其實也很重要的事嗎？」

在場還願意應付她一聲的，也就只有花靈了。

「例如？」

「例如……妳們懷孕的事啊！」花詠靜很小心地說道。

「什麼懷孕？指誰？」花靈看了看這屋子裡的所有女人——花吉蒔是不可能了，別說她沒結婚，想來也是沒有情人的。而周夜蕭與蓮瞳這對夫妻，誰知道他們目前究竟如何？中間夾著一個子熙，感情很複雜的，加上周夜蕭身體一直不好，也不太可能吧。那麼，莫非——

「季如繪，妳懷孕了？哇靠！會不會太猛了？」要不是花靈暈得厲害，早跳了個半天高了。因為她一直以為她們的身體構造應該與盛蓮人不同，不會懷孕才對，沒想到居然可以，太稀奇了！

季如繪懶懶地橫她一眼，不理會。回應花靈的，反倒是蓮衡——

「她沒有懷孕。是花神醫誤診了。」非常肯定的聲音。

「我沒有誤診！」這世上唯一能讓花詠靜生氣的事，就是對她醫術的質疑！

「詠靜，現在不是胡說的時候！」花吉蒔沉聲低喝。

「我沒有胡說！妳們都懷孕了！」花詠靜一一指過去——「頌蓮王已懷孕四個月！還有妳，花靈，已經兩個月了；最後季如繪，妳才剛受孕，應該是這十日之內的事！」

「那是不可能的！」蓮衡冷靜地駁斥。

「那是有可能的，陛下！」花詠靜認真道。

「花詠靜，妳在企圖挑撥我與李格非的感情嗎？」花靈第一個暴跳起來：「不要以為我暈船就揍不了妳！李格非是墨蓮，所以我沒有懷孕，就這樣！」

「蓮帝也是墨蓮啊，可季如繪也是懷孕了，已經沒有什麼事是不可能的了！妳什麼都不知道，就好好聽別人怎麼講可以嗎！」花詠靜動氣地大叫道。

「什麼！陛下是墨蓮？」花吉蒔驚叫。

蓮瞳等人也都震驚齊看向花詠靜，連冷漠的季如繪也睜開眼，但她的目光只放在蓮衡身上，給他支持。但心中也疑惑著為什麼花詠靜會知道這個她不應該知道的密秘？

「花詠靜！妳竟敢大膽說出如此大逆不道的話！陛下他——」蓮瞳怒叫。

「墨蓮將開。」花詠靜定定地看著蓮帝，突然說出一句蓮帝遺讖。

蓮帝聞言，為之一驚！

「妳在說什麼?!」花吉蒔問。

「因為墨蓮花開，所以千年咒願解開了。」花詠靜看向堂姊。「我猜，我們花家的困境、皇室的困境，也解開了。」

「什麼意思？」這是所有人心中的疑問，由蓮瞳問了出來。

花詠靜困難地吞了吞口水，說出自己的憂心……

「當然，這也只是我的猜測。陛下、頌蓮王、姊，妳們可還記得，為何我們兩家的子息會如此艱難？為何我們的族人總是不長壽？」

「因為……我們以血為祭，以命護國，向上天求取盛蓮的平安長久。」花吉蒔像是也想到什麼，語氣也凝重了起來。

「是的。」花詠靜點頭，很小心地說道：「想想天災、想想我們……如果我們不再短壽；如果即使是墨蓮的蓮帝陛下也能夠有子息，一切都反過來了的話，是不是表示，千年咒願再也不能運行、盛蓮再也不能平安、而我們再不需為國家奉獻？所以我們的命，也不需換給上天……」

沉默。

如果說千年咒願是拿皇室與花家的命與血來祈願，那麼咒願的被解開，莫非就表示上天終止與盛蓮的交易，不願再以這兩個家族的命來交換盛蓮的國運平安？

「妳的意思是——花靈回到盛蓮，帶回花承萬代，只是為了終止兩千年前，祖宗先烈與上天做出的交換？拿國家的命運，換回我們兩家的子息繁盛、生命綿長？」花吉蒔不可思議地厲問。

「應該、應該是吧……」花詠靜也不願相信這個事實，但她手邊的資料組合起來，就只有這個結論。

「怎麼會這樣！不應該是這樣的！」花吉蒔搖頭叫。

「那夜蕭是怎麼一回事？這一切又與他何干？」

「絕世雙生，盛蓮覆始。金銀相易，乾倒坤移。花季起落，墨蓮將開。」蓮衡輕顫顫地說著。「周家兄弟的出生，就是為了解千年咒願的！他們的出生，就是為了死亡……」

「什麼？這是為什麼！你們到底在說什麼！」蓮瞳發現自己居然一無所知，而這又關係到子熙與夜蕭，子熙死亡了還不算，居然還要夜蕭的命！這令她暴跳如雷。

花吉蒔同時也跳腳，指責地看向蓮衡——

「陛下！您身為盛蓮皇帝，竟然企圖解開千年咒願?!您這是叛國！」

「錯了！」突然，一道冷冷的聲音介入了這片失控的慌亂中。

「什麼錯了？誰在胡說——是你，李格非！」花吉蒔錯愕地瞪向李格非，不明白當她們在談論如此重大的事時，他插什麼嘴？又有什麼資格插嘴！

「當妳們自以為在為盛蓮國奉獻時，其實正在毀滅盛蓮。」他還是冷靜的聲音，一字一字地敲進每一個人的心中。

9 守護盛蓮？毀滅盛蓮？

在很久很久以前，當千炫大陸上的人還沒有國家疆域的建立時，他們是以部落的方式存在，依著特別的屬性聚集成一個群體，靠山吃山、靠水吃水，各自為政；以物易物，偶有征戰，但大多時候都為了生存而忙碌，誰也不會管誰；交通工具也還沒發展出來，所以也走不出多遠。

但在這些部族之上，有一個超然的團體，為各部族所尊崇，他們是「神巫族」。

神巫族大多由女性組成，擁有奇異的神通，掌握著醫術，善卜筮，將神靈的概念藉著行醫傳播到整個千炫大陸。而為了傳播，又創造出簡易的記事文字與簡單的船隻。可以說整個千炫大陸之所以能夠往文明進化，全是神巫族的功勞。神巫族則是這片大陸上唯一走遍大江南北的部族，將文化傳出去，也讓這片大陸使用了相同的文字。這是個偉大的貢獻，讓即使過了數千年之後，各國間有了自身的發展，文字也稍有不同，但卻是能共通的。

她們與各部族為善，本身沒有領地，居無定所，在整片大陸行走，教授醫術與文字，並且以文字記載著對這片大陸的地理與見聞，她們習慣隱匿於深山中生活，當她們不想見人時，誰也找不到她們。

各族的族長都恨不得神巫族可以在自己的地盤落地生根，成為自己的一份子，一旦發現神巫族的身影，無不極力爭取示好。

後來不知道為何神巫族居然選擇在千炫大陸的中心點落腳，造成所有人的議論，百般不解。千炫大陸的中心點——也就是盛蓮國的所在，那裡的地理環境極之糟糕，土地不相連，一小塊一小塊的，簡直就像是一塊掉在地上、砸碎了的糕點。而且不僅陸地上有巨獸出沒，水裡更是巨大水怪的樂園。可以說這是一塊既不利於耕作養殖，更不利於部族發展的土地。當雨季來臨時，絕大多數的土地根本就是淹沒在水裡，好幾個月才會消退；雖然氣候溫和，但沒有人會想在這個地方發展。

在這片被其他部族嫌棄為廢地的地方，卻有一支人數雖少，但非常強悍的部族，他們被稱為「曠野蓮生部族」，這個部族，自然就是盛蓮國的起源。

這個部族剽悍善戰，男男女女都身強體健，以捕獵水中魚獲、陸上巨獸為生，困苦的環境讓他們鍛鍊出全千炫大陸最強悍的體質，所以其他部族的人又稱他們為「悍野部族」。

而當力量的強弱成為權力高低的依憑時，曠野蓮生部族成為第一個從母系社會即將演化成父系社會的部族。但就在演化初期，神巫族加入了他們，並且阻止了這場演變！所有的關鍵點，就在兩千多年前。

沒有人知道兩千年前發生了什麼事，只知道從那時候開始，神巫族消失無蹤，而曠野蓮生部族不知因何分裂，其中有一群人出走，離開原生地，向更艱苦、更無人居住的北荒遷移而去，成為後來的「原野部族」。那些人，大多是更加崇尚力量的男性，以及力量微弱的女性。他們沒有被阻斷演化的腳步，卻成為整個千炫大陸的異數——唯一一個父系社會，並被所有國家歧視抵制。

神巫族的消失，有諸多揣測，至今沒有正確答案，因為兩千年前他們消失時，那些相關的記錄也同時被焚燬了。

據說，神巫族是天上下來的神使，所以她們有著先進的智慧，與不可思議的神通，是這片大陸的啟蒙者，帶來了神靈的恩澤。

據說，神巫族因為施了一個神秘的禁咒，以守護即將受難的千炫大陸，不惜逆天，於是遭遇到了天譴，天上的神明將她們的性命收回，也將她們存在的痕跡抹去，這也是為什麼所有國家的歷史記載只能從兩千前年開始，再更早些，就無法追溯了。

據說，那個只有神明才能使用的禁咒，就是——千年咒願。神巫族的人以自己的鮮血為抵、以生命靈力為燭，在大陸的中心點，施下這個咒願，當施咒的人一一燃盡自己的性命時，咒願完成。

而這些，都是無法證實的「據說」，不能成為千炫大陸史的正式記載，只是古老的神話，流傳至今，也漸漸沒人提起。但是，花家的藏書閣卻是有諸多記載，並成為花家族譜的起點。因為，花家，是神巫族的後裔。

而蓮家，則原本就是曠野蓮生部族的族長，建國之後，成為正式的君王，千百年來，蓮氏王朝一脈相傳，從無朝代更迭，是這片大陸上最穩定的國家，雖然不是最強盛，但卻相對安定平和。當兩千年來其他國家的帝王都換過好幾個姓氏時，盛蓮依然屬於蓮氏天下，蓮氏王朝是千炫大陸上最古老的王朝。

其他國家不明白為何會如此，但蓮家與花家卻非常明白——因為他們蓮、花兩家付出了壽命與子息的代價去換取國家的長治久安。

「花靈的祖先，出走於一千年前。」花吉蒔輕輕說道。「當咒願運行了一千年時，花家主系幾乎已經絕後。而那時，理應接任宗族長的那名祖先，拒絕接任，她決定找出拯救花家的辦法，所以帶著花承萬代離開盛蓮，從此不知所蹤。家族長老只好從填房裡挑出一名孩

子，也就是我這一系，接續花家宗主與國師職務。然而，情況沒有任何改變，每一任宗主更加短壽，子息愈加艱難。」

「我們以為花靈的回歸，帶回花承萬代就能解決花家的問題。然而竟然不是，花靈……讓咒願……崩潰了。」花詠靜悲慘地下結論。

「我沒有那麼偉大好不好？」花靈翻翻白眼。

原本李格非介入她們的談話中時，因為那番話太過冒犯她們，頓時成為眾矢之的，要求李格非說出一個道理來，否則後果會很嚴重。於是李格非開始講起那段傳說中的神話，然而，還沒有講多久，就被花吉蒔接下去說了——因為花吉蒔認為她身為堂堂神巫族的後代，對於這段神話的講述最具有權威，斷不容許別人在陳述時，有絲毫的偏差，冒犯到神巫族的偉大貢獻！李格非也就冷笑著由她去，但表情深深地不以為然，可眼下沒人有力氣理他，對這些憂心於國家興亡的人而言，李格非是個可以直接排除、忽略、無視的存在。

「花靈，也許，妳不應該出現，不該帶著花承萬代回來。當年妳的先祖離開這裡，到另一個時空去，也許就是知道花家即使絕後，也不能破壞咒願，所以將花承萬代帶離這裡，希望在咒願到達不了的地方，為花家保留下一絲希望！」花吉蒔一直在思考這個問題，後來覺得這才是正確答案。

「所以？」

「抵達殘蓮島後，我會想辦法將妳送回去。」花吉時堅定地道。

「事已至此，即使妳想逆天，又豈能說逆就逆？花國師，妳太一廂情願了。」一直沒有說話的蓮衡開口了。

「為了盛蓮，我花家奉上所有性命亦無所懼。」花吉時道。

「妳認為富天虹為了什麼要屠殺墨蓮？」蓮衡突然問。

「臣不知，也許只是因為再也不能容忍我國有墨蓮這個污點。」花吉時心思並不在這裡。全盛蓮國都知道，富天虹為官數十年，一心想讓墨蓮在世上消失。

「她之所以不能容忍，是因為她認為墨蓮會使盛蓮滅國。這也是宴會那日，她特地去找妳的原因。」

花吉時悚然一驚，沒料到蓮帝居然會知道富天虹找過她！那日的混亂歷歷在目，接著就是天災橫降，就那麼些許時間，為何蓮帝竟然就已經掌握了宮裡發生的事？

「富天虹不是一直站在陛下你這邊的嗎？她之所以一心消滅墨蓮，甚至是急欲除去子熙與夜蕭，難道不是你的意思嗎？」蓮瞳質問。自從她聽到周家兄弟的出生就是為了解咒，所以必須死時，她只能牢牢包住周夜蕭，心中悲憤莫名。不知道該向誰討公道，不知道這一切

究竟是由誰安排，天理何在！

最令她痛恨的是，她只是一個平凡人，沒有靈力，就算吼破了喉嚨，天上的神靈也聽不到她的控訴！而且她還是盛蓮國的攝政王，必須有著為這個國家犧牲的覺悟——包括犧牲她的家人！

「當年富天虹給周家兄弟送去『易蓮』時，朕尚未登基。」蓮衡冷靜回道。

「是……上任蓮帝？莫非子熙兄弟出生時，他們就被監視著了！」

對於這個部分，牽涉到太多皇家秘辛，而且也牽動了在場的人絕大多數的神經……子熙的死，是他們心口永難痊癒的傷痛！

「沒有那麼早。」

「那是從何時開始？莫非是……與我相識之後？」蓮瞳驚問。

蓮衡環視著周遭的人，最後目光停頓在昏迷的周夜蕭身上，緩緩道：

「是的。若不是妳與周家兄弟相識，先帝不會注意到他們。兩千年來，盛蓮不是沒出現過金蓮銀蓮的雙生子，但他們都太平凡了，直到周家兄弟出現，他們容貌絕俗、驚才絕豔，未及成年即享譽全國，這，才當得起遺讖上所示的『絕世雙生』。所以皇母她……必須遵從蓮家遺訓，除掉他們。那時，若不是因為顧忌著妳……他們早就消失在世上了。無論如何，

妳是國家第二順位繼承人，而朕，是墨蓮，皇母本來無意讓朕繼承皇位，之所以極力栽培妳，其實是希望讓妳登基為這一代蓮帝。皇母是直到臨終時，對遺讖有所頓悟，才下定決心傳位於朕……先不說這些了。因為妳與周家兄弟產生感情，所以皇母無法立即下殺手，她決定測試他們，倘若他們與咒願無關，則放過他們，由著妳與他們去感情糾纏，絕不干涉。於是讓人給他們服用了特製的『易蓮』，如果他們兄弟是出生來破咒的話，那麼他們不會死，而且身上會產生蓮變；如果他們不是，那麼，會昏迷不醒，到時以宮廷靈藥救治即可。但結果，只有周子熙產生蓮變，周夜蕭卻沒有，奇怪的情況讓皇母無法理解。後來，她只好對身上產生蓮變的周子熙下手，只是沒料到被妳及時救走，並保護著他，讓人再也無從下手。」

原來，竟是這樣，這就是周家兄弟為何會有這麼多苦難的原因……為著一個不知來由的遺讖，除了不能確定那遺讖的真實性外，也不能確定周家兄弟是否就是那對注定生來滅亡盛蓮的人，可是因為他們太過出色，於是便被判了死刑。

蓮瞳忍住極度的心痛，只抓住一個重點——

「如今夜蕭陷入無法解釋的昏迷，一定是當年服用『易蓮』的後果，那靈藥還在嗎？快給我！」無論如何，不管今後夜蕭會如何，此刻，她只要他醒過來！

「那藥，當年皇母交給了富天虹，她如何處理，朕就不知道了。」

「你與富天虹不是站在同一陣線的嗎？為何你會不知道！上次的刺殺，不就是你與她的合謀嗎！」

「堂姊，那一日，她想殺的人不止是周夜蕭。」蓮衡還是冷靜的口吻。

「還有誰?! 本王嗎？」

「不是妳，是朕。」不理會眾人錯愕的目光。他道：「她為了讓千年咒願不要被破解，只要被她認定為威脅的，都得除去。」

「她……她也是為了千年咒願！」花吉蒔驚叫。

「是的。她想保護千年咒願，而朕雖然極力隱藏，終究還是讓她發現了朕想破咒的意圖，於是決定殺了朕。」

「為什麼你居然想破除千年咒願！你是盛蓮的蓮帝！你有守護盛蓮的責任！可你竟然——」

「朕這樣做，就是為了守護盛蓮。」蓮衡堅定說道。

「守護千年咒願，就是守護盛蓮！」花吉蒔厲聲道。

「錯了。千年咒願不是為了守護盛蓮。」李格非再度開口。

「李格非！這裡沒你的事，請你住嘴！」花吉蒔斥道。

花靈可不高興了——

「花吉蒔，請妳客氣點。怎麼會沒有他的事？當然有！」

「有什麼?!」

「身為千年咒願的受害者，他有發言權。在妳繼續自以為是在憂國憂民之前，可不可以讓大家把想說的話都說完，然後大家冷靜下來，互相參詳參詳？」花靈覺得眼下情況太亂了，無利於分析，倒很適合打架。

「有什麼好說的——好，妳說，我倒要看看妳能說出什麼，先從妳開始！」對於花靈的搗亂功夫，花吉蒔深有體會。知道拒絕也不會被接受。

花靈也不跟她客氣，根據她所聽到以及知道的，開始道：

「我們出發前，蓮帝大人曾經說過他所理解的千年咒願，與我們花家不同。可是蓮帝一直沒申論這一點，畢竟情況太亂了，而且妳也沒給他說話的機會，就斷定他想解開千年咒願就是叛國，這實在很不好。據可靠的消息來源得知，富天虹就是察覺到蓮帝並不想守護這個千年咒願，所以才打算殺掉他，最好就此讓頌蓮王繼位，認為這樣才能天下太平。」

「花靈，這是哪來的消息？」

「請不要打斷我，這些不重要的事，稍後再談。」花靈很怕話題又被轉走。接著道：「從花家的立場來說，妳們認為千年咒願是神巫族用所有族人的性命來施咒，為了守護盛蓮、甚至是守護整片千炫大陸，而做出的逆天之舉。身為神巫族的後代，以及盛蓮的開國元勳，花家無論如何都要守住千年咒願，即使已經解開，也要重新施咒。」

花靈伸手阻止所有想開口說話的人，包括蓮帝。

「拜託讓我說完，這很重要。蓮帝大人，我知道你想說什麼。你皇家所理解的千年咒願，其實比較接近事實。我想你、甚至是你母親就是真正想通了，才會想要解開它。因為這種逆天之事，絕對會導致盛蓮真正的毀滅，只是你的母親心中無比煎熬，一直無法做出決定，所以才會傳位給你，讓你去做，對吧？」

蓮帝深深看了花靈一眼，點頭。

「那就是了。皇家從遺讖上理解到的千年咒願，其實是用來控制男權、壓抑男權，讓母系社會永遠不要演化成父系社會的一種逆天禁咒。這個禁咒讓兩千多個神巫族的女性以命交換，控制住演化的腳步……雖然這片千炫大陸不一定走出像我所在的那個時空一樣的步調，母系社會不一定會變成父系為主的社會，但因為神巫族的干預，讓男人失去表現的舞台，讓最強壯的男人無後，而盛蓮國，就是神巫族施咒的實驗品。而這種干預，是違反自然天道

的，所以當你們以為子息稀少是因為對國家的奉獻時，其實是錯誤的，這是天譴。先是花、蓮兩家子息漸稀，接著，是國家生產力逐漸降低，無法生育的墨蓮增加，終有一天……也許再過五百年，這個國家將不會再有新出生的人口，然後，滅亡。」

「花靈！妳知不知道妳在說什麼！」花吉蒔與蓮膧都驚叫出聲。這個猜測太恐怖了，讓她們寒毛直豎，萬萬無法接受！

「我當然知道。蓮帝也是悟出了這個，才會想辦法破解掉千年咒願。可是，他並不知道真正做法應該怎麼辦。而且，他知道的，也沒有那麼全面，他只知道，當年施咒的地方是殘蓮島，在殘蓮島地下，有著一座隱神殿，必須在那裡開啟什麼或結束什麼。」

「妳還知道些什麼？花靈。」蓮帝問。

「我還知道當年不是所有的神巫族人都同意施行這個咒印，也不是所有曠野蓮生部族的人都同意當維持這個咒印的白老鼠。所以他們出走了。那個帶領出走的人，是神巫族的巫師，地位僅次於神師，她們兩人是同門師姐妹，但意見不合。巫師留下了讖言給族長，就將蓮生部族帶到北邊，施法保護他們不受千年咒願干擾之後，突然平空消失了。那個巫師靈力不及神師，所以當她做了超出自己能力所及的事情之後，被扭曲的時空吞噬，我猜，她到了地球……」目光定在季如繪身上。

季如繪在所有人的目光中睜開眼，淡聲問：

「妳不會是想說那個巫師姓季，而我是她的後代，所以才會出現在這裡？」

「跟聰明人說話，就是省事。」花靈好欣慰。她很權威地說道：「沒有毫無理由的穿越，這世上或許有很多意外，但也沒有多到會讓我們遇上。加上後來得到的資料，我才敢這麼說。妳，季如繪，就是解咒的條件之一。」

「妳這是哪裡聽來的？還有，解咒的條件是什麼？」花詠靜好奇地問。

「當然是從巫師留給原野部族族長的資料上得知的。世人都以為兩千年以前的資料隨著神巫族的消失而無從查考，其實這是不對的。神巫族的神師擅長靈術，而巫師擅長卜筮。巫師推算到咒願施展之後的後果，所以將那些珍貴的史料都帶走，人力終究無法控制自然。不管這片大陸日後會發展成怎樣，都不該有人企圖干涉。解咒的條件就在那六句遺讖裡——絕世雙生，指的是周家兄弟；當他們服下『易蓮』之後，解咒就開始了。花季起落，指的就是我與季如繪，我跟她或許也是解咒或護咒的關鍵吧，至於墨蓮將開……應該就是墨蓮的力量被釋放了，我們的愛人讓我們懷孕就是證據……我是這樣猜啦。而那一天我、季如繪、周夜蕭三個人的血碰在一起，加上曠野蓮生部族族長的後代，符合了所有的條件，於是解咒。」

「妳是說，李格非他是——」蓮衡第一個想到。「李格非是原野部族族長的後代？」

「是的。他的父親是個普通的盛蓮男人，但他的母親是原野部族的聖女。同時，也是你們蓮家的後代。神巫部族是師門姐妹分裂；而曠野蓮生部族是雙生姊弟分裂，姊姊成為盛蓮的開國君主，而弟弟遠走北荒，成為原野部族的族長。」

今天讓人震驚的消息實在太多了，再多這一樁，大家也無力多做表情了。蓮家的一帝一王，都看了李格非一眼，實在難以想像兩千年前是同一家。而李格非看起來更是不稀罕，瞄也沒瞄過去一眼，他只是專注地看著花靈——的肚子，整個人看起來有點走神，自從花靈推斷她已經懷了他的孩子之後，他就沒法聽進其它話了。

「花靈，妳終於相信妳自己懷孕了？」花詠靜好感動。

「冷靜下來想想，這是很有可能的。」花靈點頭。

「妳怎麼會知道這麼多？」蓮帝問。

「因為在皇宮夜宴那天，我們遇到了野鴻——目前原野部族的代理族長，以及二十年來跟在富天虹身邊，成為富天虹心腹的柳綾之。柳綾之與野鴻兩人努力了二十幾年，就為了找出墨蓮的答案。直到蓮帝開始與柳綾之合作之後，一切謎底終於解開，而且出乎他們意料之外。花家的秘辛、原野部族的史料、皇室的秘密、周氏兄弟的命運、富天虹的追求，以及花家長老為何非要將我與周夜蕭殺死，答案，全都出來了。」

「那麼，富天虹為何要假傳聖旨，到殘蓮島屠殺墨蓮？這與千年咒願有何關係？」花吉蒔問。

「這我怎麼知道……」

「妳不知道？不知道還敢胡言亂語！花靈，這種事很嚴重，每一個字都要負責任的，妳知道嗎！」花吉蒔整個人顯得暴躁，衝動得就要撲上去。

李格非及時將花靈摟進懷中，一手格開失控的花吉蒔，冷聲道：

「這場暴雨還會下三天，當天雨落完七日七夜之後，千年咒願才算完全解開，而她相信，只要將所有的墨蓮屠殺光，即使千年咒願無法維持，也至少能保持女性為尊的優勢。如果無法以咒願控制男人的力量，那就用屠殺的手段，將那些擁有強大力量的男人都殺死。而且，花家長老還告訴她——取兩千零九十九名墨蓮的血液祭天，可以重新施行血咒。她相信了。」

「你是說，那些失蹤的長老們，與富天虹——」花吉蒔不敢置信。

「千真萬確。」李格非點頭。「她們認為只有維持女性為尊，盛蓮才會太平，不惜一切代價，也要將男性的力量壓制住。」

「陛下！您是這樣相信的嗎？您認為千年咒願不是守護盛蓮的聖咒，而是對男人的詛咒

？這種沒憑據的事，您為何輕信！」花吉時已經不知道該相信什麼了。她腦袋一片混亂，所有曾經引以為傲的種種，竟然是一場女人對付男人的陰謀？這怎麼可能！「不可能的，我們的先祖以自己的性命施咒，犧牲了性命，怎麼可能只是為了做這種荒唐的事！你們一定都弄錯了！」

「當她們決定那麼做時，自是不可能只為了私心，她們只想盡可能的讓這片大陸和平。」花靈安撫已然暴走的花吉時。才又道：「根據柳綾之多年的研究那堆古資料的心得，她說當年神師與巫師推斷出千炫大陸如果太快走入父系社會，必會征戰不斷，未來三千年都會讓萬民處於戰火中，少數人稱王稱霸，而天下生靈皆塗炭。於是神師想用靈力扭轉千炫大陸的命運，而巫師卻認為天命不可違，不能因為恐懼男性的力量，與隨之而來的暴力，就將男性禁錮，這不是神使所該為。是，那些人的犧牲情操很偉大，可，這樣的以性命相搏，其實就是一種私心了。就像我們那邊的老子所說的『天地不仁，以萬物為芻狗；聖人不仁，以百姓為芻狗。』，當她們打算做著神靈才能做的事時，就不該有所偏頗；而當妳做了，就要承受這分強拗的勁道反撲時的痛苦。」

「他們都認為自己做了對的事。」季如繪突然有所了悟。花靈用力點頭，覺得口好渴，趁著被李格非服侍喝水的空檔，讓季如繪去接力。反正其他人都處於震驚、深思或痛苦中，

一時也沒辦法說話了。

季如繪想了想，道：

「神師想要世界和平；巫師覺得不該干預人類自然的演化，就算擺在眼前的是戰火連天，也不能因此強行阻止，而且這個阻止還相當粗暴地危害到另一個族群的生存權。盛蓮國君選擇了不擇手段也要讓世界和平，但原野部族男性們則拒絕被不公平對待，不能因為還沒有發生的事，而制裁他們，禁錮他們的力量。花靈，妳剛才說盛蓮人維持咒印的意思，是不是說——男人身上所生長的蓮花圖騰，其實是為了維持千年咒願所產生的？」

「應該是。他們身上的五色蓮印，除了區別出男人力量的品質外，還利用他們的力量，維持著這個咒願的運轉，其中被殘害得最重的就是墨蓮，因為他們最有力量，所以被剝奪最多。而如今人口比例嚴重失衡，咒印也走向崩潰的邊緣。我猜，等這場暴雨終於下完之後，盛蓮男人身上再也不會長蓮花了。」

「先不管蓮花不蓮花了。也就是說，即使不是我們五個人無意中解了咒印，總有一天，盛蓮國的情況，也會招致千年咒願的崩潰？」季如繪問。

「咦？對耶！應該是這樣沒錯！」花靈差點跳起來。

「那是不是可以說，不管如何，咒都會解。那麼，我們兩個人來到這裡的作用是什麼？

會不會——唔！」季如繪突然痛呼一聲，在頌蓮王手中失去知覺。

「蓮膧！放開她！」蓮衡冷聲命令。

頌蓮王搖搖頭，認真地對蓮衡說道：

「我在想一個可能性。花靈與季如繪來到盛蓮，也許就是為了可以讓咒願繼續運轉，解咒或護咒都需要倚仗她們的力量。那麼，她們就必須做到。如今咒願的力量在消逝，所以有諸多天災人禍，她們則是匡正咒願的力量！」

「妳瘋了！千年咒願只會讓盛蓮國走向滅亡！」蓮衡叫。

「我不這麼認為。所有的一切，都只是你們的猜想，並不表示正確。我現在只知道，也許加入新的神巫族血液，就能讓千年咒願繼續運轉，去平衡它的力量，就能穩定盛蓮，而夜蕭……他是我的王君，他的出生，絕對不是為了解咒而死。我不允許他死！所以，我不解咒！」

「頌蓮王！妳想怎樣！」花靈站在蓮衡身邊大叫。

而情勢，在一瞬間轉變！

花吉蒔抿著唇站在蓮膧身邊。

花靈與李格非站在蓮帝身邊。

雙方壁壘分明。

而，花詠靜站在周夜蕭躺著的地方，顯得不知所措，立場搖擺。

彷彿兩千年前那一次的決裂重演，她們，都在做著認為對的事。

他們的對立，都是為了——守護盛蓮。

誰也沒料到情況會變成這樣，也在這樣僵硬的處境下，戰船在暴雨中，終於來到了殘蓮島。在這段期間，誰也沒法說服誰。

而周夜蕭始終沉靜地昏迷著，無法進食的他，消瘦得讓人心驚，他的性命正隨著他消逝的體重一同流失。頌蓮王挾持著季如繪，整個人像是已經陷入瘋狂。

他們都想守護自己心愛的人、守護盛蓮，但，其實更怕自己正在做的是，傷害自己的愛人、毀滅自己的國家。

什麼才是對的？誰才是錯的？

再多的分析，再多的資料，都不能保證提供出一條絕對正確的路。每個人都只能猜測，而「猜測」這樣不確定的字眼，讓人一想起就心焦如焚。

由於聖令飛火石的及時發出，殘蓮島的墨蓮沒有被屠殺，但卻被禁錮了。而更壞的消息

又傳來，花家八大長老，以及富天虹，已經將隱密的地下神殿給佔領，並且從裡面將出入口以巨石封死，誰也無法進去，除非利用巨大的飛火石炸開。但，若是使用飛火石炸的話，同時也會將神殿毀滅。

富天虹在進神殿前，留下一封信，那封信放在山壁入口處的巨大平台上，上頭寫著「頌蓮王親啟」，而內容，則讓所有的人臉色都為之大變。

富天虹打算重造千年咒願，而這咒願必須在大雨停止之前完成許多條件，其中最無法讓人忍受的就是前三條。

第一，需要一缸血，兩千零九十九名墨蓮男子的鮮血。

第二，花靈與季如繪施血咒獻祭。

第三，周夜蕭為主祭品。

最後，富天虹說明，為了守護盛蓮，所有犧牲都在所不惜，她與八名花家長老自封於神殿內，就是準備以身為燭，獻身為國，當血咒完成時，也就是她們殞命之時，並沒有打算出來了，希望頌蓮王以國為重！

而且，頌蓮王也無從反對起，因為當富天虹與八大長老自封進神殿時，她們那邊已經開始在施咒，她們早已擒住周夜蕭的靈魂，也握有花靈與季如繪的血液毛髮，當她們登上殘蓮

島時，命運已然不能改變了，她們有能力控制這三個人的行為，利用咒法讓三人成為儀式的傀儡，無須說服誰來妥協。

事實也正是如此。周夜蕭本來就昏迷不醒，而花靈與季如繪在登岸之後也陷入沉睡，怎麼叫都醒不過來，讓李格非等人都驚怒交加！

原本只是兩方對壘，如今看似與頌蓮王同一方的富天虹，開出了讓人無法接受的條件，情況又陷入另一種沉重的詭異裡。

而這一天，已經是大雨的第六天了……

到底，誰在守護盛蓮？誰又在毀滅盛蓮？

誰是對的？誰是錯的？

天空依然烏雲密布，人心沉澀晦暗，盛蓮的明天將會走到什麼地方去？

10 適

花靈……飄忽的聲音。

嗯……我要吃全世界最酸的優格……

花靈，起來！聲音仍是飄忽，但蘊含著深深的不耐煩。

給我吃……哎唷！誰打我？淚汪汪中。

花靈醒了，但發現自己輕飄飄得就像沒醒。這是怎麼一回事？莫非是夢中夢？所以她其實沒有醒來，只是從夢裡的另一個夢中轉醒而已……吧?!噢，好亂，奇怪的想法把她整顆腦袋弄得更糊了。

別裝死！季如繪飄到花靈面前。

誰在裝死?!咦，莫非我死了？花靈喃喃自語。

我猜，這叫靈魂出竅。季如繪道。

花靈好不容易終於能睜眼看清眼前的事物，正想回季如繪些什麼，但當她發現自己看到什麼之後，唯一能發出的就是尖叫——「鬼啊！」

對，就是見鬼了！她看到季如繪穿著白衣，臉上沒有任何血色，而且身形半透明，還飄在半空中，就差幾點鬼火在她身邊繞了！

「鬼妳個頭！」冷冷回道。

花靈以為自己發出的聲音不只可以叫破喉嚨，更可以把天空震塌一半，但卻發現連自己的耳朵也聽不到自己的尖叫。

「我聾了？怎麼會！」

「妳沒有聾。」

「那我是怎麼啦？」

「妳只是笨，不是聾。」季如繪修理人毫不客氣。

「喂，季如繪，妳能不能偶爾別那麼討人厭？」花靈抗議。

「如果妳不堅持要笨的話。」季如繪道。

花靈在她說話時，終於注意到其實她並沒有真正聽到季如繪的聲音，而是透過一種意念的傳達，了解對方在說什麼。因為季如繪根本沒有開口，可她就是知道季如繪「說」了

什麼。而自己雖然有開口，但聲音並不是從嘴裡發出的。
也就是說，此刻、現下，她們所處的形態，讓她們無法發出真正的聲音。
「我們……現在……是不是沒有在自己的身體裡？」她看了看上下左右，全是無止境的黑與空，她們正飄在一個不知名的黑暗空間裡；又看了看自己呈現半透明的手，竟是跟季如繪相同的鬼樣。終於有了覺悟。
「恐怕是如此。」
「怎麼會這樣！」
「妳不會以為我能提供答案吧？」季如繪翻了下白眼，不讓花靈繼續在這個無用的話題裡大驚小怪。在花靈開口前，伸手指向左邊一個微弱的灰白光點。
花靈看將過去，立即驚呼出聲——
「周夜蕭！」形隨意動，她轉眼間已飄向那光點，以為可以碰到他，卻冷不防被那光圈的力道甩飛——「啊！」
幸而在她飛經季如繪身邊時，被季如繪伸手抓住她，不然的話，天曉得她會飛得多遠！
「咦，為什麼妳抓得住我？可我卻抓不住——」花靈發現一個重大的問題。當她伸手

要抓住季如繪的手時，卻只抓到了空氣！「是妳成了空氣，還是我成了空氣？不對啊，既然我們現在都是靈魂，為什麼妳可以抓住我？」

「不知道，現在也不是探討這個的時候。」季如繪放好她，接著道：「我醒來好一會了，我猜，我們的靈魂被人禁錮在一個空間裡，也許再也沒有機會回到自己的身體裡了。」

花靈想了想，好一會才想起上次清醒時的記憶——

「我們好像抵達殘蓮島之後，就失去了一切意識，對不對？」

「沒錯。這表示，有人控制了我們的身體。若不是需要我們的靈魂做些什麼，就是必須控制我們的肉體做一些什麼。」季如繪只想到這兩個可能。總而言之，她們的處境都很不妙。

「一定是那些花家長老搞的鬼！」花靈突然想起上回與周夜蕭一同落難，被那些花家瘋狂長老們施咒控制的事。那時的感覺，跟現在好像。「完蛋了！以花吉蒔的態度來看，這次是不能指望她來救了。搞不好最後她與花家長老大會師，一同把我們煎煮炒炸掉，認為這樣就可以守住千年咒願救盛蓮！這種情況下，即使妳家那口子是皇帝、我家這口子是富甲天下的大富翁，都也只是平凡人而已，救不了我們的。」

「所以我們必須想辦法自救。」季如繪堅定道。

「怎麼做？我們甚至不知道自己在哪裡。」花靈抓頭哀嘆。

「來。」季如繪率先向周夜蕭的方向飄過去。

「妳發現了什麼？」無計可施的花靈當然只能乖乖跟隨，雖然雙腳在這裡起不了作用，但人總是習慣的動物，還是以行走的姿勢移動。

「妳覺得，那裡像不像是一個出口？」季如繪繞著灰白色的光圈走了一圈，最後指著周夜蕭頭部上方一個三十公分大的黑色圓圈問道。

「看起來像是宇宙黑洞。」花靈點點頭。「妳是不是認為，這個黑點，是這個密閉空間裡唯一的出口？」

「看來是如此。」

「可我們無法進入光圈裡啊！」花靈為了證明，再度伸手碰光圈，當然立即被光圈給甩得遠遠的！

這次由於季如繪站在另一邊，沒法抓住她。所以花靈只好有多遠就飛多遠，整個人飛成天邊的一粒星星，好久之後才回來。雖然有點慘，但也不是沒有收穫，至少證明這個空間是有極限的，她是撞到了邊，才被止住，並彈了回來。

「為什麼這個光圈會罩在周夜蕭身上呢？」花靈想著。「而且他的靈魂也是昏迷著

的。她們想對他做什麼？」

「會不會，那些人需要的是我們的肉體；而他，則是連靈魂也得在咒法裡派上用場？」季如繪猜想著。

「很有可能。雖然不知道我們昏迷了多久，但肯定是時間不多了。季如繪，我們必須盡快想辦法脫困。如果這個黑洞是唯一的出口，那我們就得突破這個光圈。妳碰到這個光圈，也會被彈走嗎？」花靈問。

季如繪看了她一眼，伸手探向光圈，她沒有被彈走，但是卻也探不進去。

花靈苦笑：

「雖然待遇不同，但似乎都是束手無策呢……」

季如繪沒應她，只低頭看著自己的雙手，若有所思……

「噗！」靜謐而莊嚴的空間裡，突然有人嘔出一口血。

「容長老！」有人驚呼。不明白這是怎麼回事？

「怎麼了？容長老！」坐在她下首的紀長老緊張地問。別人或許不明白為什麼容長老會在施法過程中吐血，她卻是知道的，想必是被困在咒術裡的靈體衝撞到了。

此刻她們八大長老圍坐成一組陣形施法，這是個困咒。主要是圍困住花靈、季如繪、周夜蕭的魂魄，只待今夜子時，最適合施法時刻的來臨，到時她們便可以操縱這三個人，共同完成第二個千年咒願，讓千年咒願再度保護盛蓮度過第二個平安的千年。

經過兩千年時光的汰洗與退化，她們這些神巫族的後裔，不管如何修練，也修不到當年先祖們的通天神力。所以她們以命施咒，雖然咒力無法涵蓋全千炫大陸，但相信是足以守護盛蓮的！

八大長老帶領著與她們站在同一邊的花氏子弟，正莊重地靜坐在隱神殿裡的蓮台上。八個長老分工明細，下面的子弟護法助咒，只為將眼前的情勢穩定住，只待過了今日子時，一切也就底定了。

而容長老是眾長老裡靈力最強的人，所以由她這個支系去做最重要也是最危險的工作——攝取花靈、季如繪的靈魂，並負責禁錮。而至於周夜蕭，則早在去年便已經被她們牢牢掌握了。中間雖然經歷了以花靈的血液來喚醒周夜蕭的意外事件，但這改變不了什麼，周夜蕭的心魂依舊是她們囊中之物，他已經被下了死命咒，誰也拯救不了，就算這次的咒願裡派不上用場，他也活不了了。

周夜蕭對盛蓮王朝而言是個禍害！這是富天虹所堅持的。

理由不止於遺讖上所示，即使周家兄弟對盛蓮國的咒願沒有任何危險性，富天虹也會想盡辦法除去他！

頌蓮王是盛蓮國未來的希望，是上任蓮帝心目中第一傳位人選，她的能力卓絕、威勢天生、果敢強悍，要不是遇見周氏兄弟，讓周氏兄弟毀了她，那麼今日的盛蓮，將會在她的帶領下，成為全千炫大陸最強盛的國家！

富天虹深信上任蓮帝之所以最後還是傳位給男帝，除了一點點親情上的私心之外，頌蓮王那些年的荒唐作為，甚至與皇室對峙的無禮行止，也讓前蓮帝不得不將她排除在帝位的選擇之外。畢竟身為一國之尊，冷靜堅忍是最重要的，而頌蓮王的壞脾氣、輕易為了男人而衝動做出種種瘋狂舉止，絲毫不顧後果，教人皺眉。性情如此張狂，不知節制的人，誰敢將江山寄託予她？

富天虹一直認為頌蓮王才是盛蓮未來的希望，軟弱的男帝對她而言，不過是個短暫的過渡，即使男帝的軟弱只是表相，但對富天虹而言差別並不大，男人就是男人，更何況是一個被架空的男人，再怎麼厲害也是有限的。等男帝遠嫁它國，頌蓮王就能理所當然地登基，成為盛蓮一代聖君！

前提是——周家兄弟必須消失於頌蓮王的生命中。

周家兄弟身上有一種讓女人瘋狂的力量，從她宗族姪女富裕琴身上就能證明。這周家兄弟，分明是生來毀滅女人的妖孽！迷上他們的女人非瘋即狂、不死則傷。趁這次千年咒願事件，無論如何，周夜蕭不能活，他的生命已經注定為盛蓮奉獻了。

「容長老，有什麼問題嗎？」富天虹聽到神殿中心有動靜，走進來問。

「沒有太大問題，可能是花靈正在試著破壞血凝結界。」

「一個被控制的靈體，竟還能傷到妳，妳們真能控制住她嗎？」富天虹嚴肅問著。現在一切都在她的掌握中，她斷不容許有任何失控事件。只要挨過今夜子時，盛蓮就會有光明強盛的未來，為了這個理想，她努力了一輩子，眼下就要實現了，不能有意外！絕對不允許有意外！

「當然能！她雖是花家嫡女，但那也是千年以前的事了，自從她那一系出走之後，從此變為凡人，身體與靈魂都沒有被靈力鍛鍊過，縱使身上的血液還能起一點作用，其它卻是不行了。她雖能傷我，但也就僅止於此了，不會再有更多。」容長老傲然說道。

「只要她不會掙脫出妳的控制即可。我們需要她的身體祭祀……對了，那個季如繪呢？如果長老推算得沒錯，她應是巫師的後代，其能力……」

容長老不悅地打斷富天虹的質疑——

「巫師的能力從來就不及神師！光是花靈就無法翻出老身的手掌心了，更何況是她！倒是妳，富大司徒，別忘了花靈與季如繪的身體還在蓮帝手中沒交出來，如果不能及時取得她們的身體，到時子時一到，又得費一番力氣，若是誤了時辰，或需要我們這些人分出靈力去運出她們的身體，恐怕會有變數！」

「放心，我的徒弟帶領了一批身手最高強的死士埋伏在殘蓮島，她們會準時將花靈兩人的身體取來放到祭台上。如果遇到違抗，不管是誰，殺！」柳綾之是她最死忠的追隨者，也是她最得意的媳婦，更是她為頌蓮王儲備的能吏，她相信外面的一切都會順利的。

「如果違抗的是頌蓮王呢？」容長老冷問。

「她嗎？」富天虹篤定一笑：「如果沒有意外，她現在應該已經被困在一處安全的地方睡著，直到明日才會醒過來了。」

「妳確定？」容長老問。

「不信？那妳不妨使用靈術探探看。她人在殘蓮島，她的氣息一定是非常微弱，而且沒有動靜。」富天虹肯定道。

富天虹既然能從三十年前就開始了千年咒願的布局，頌蓮王身邊自然埋有她派出的暗棋，就待最關鍵的一刻發生作用！而這些暗棋，已經交由柳綾之指揮。

當蓮帝與頌蓮王還在對峙中，無法取得一致的意見時，情況自然陷入膠著。自從登上殘蓮島之後，花靈與季如繪的昏迷，讓頌蓮王以外其他原本還算冷靜的人都失控了！蓮帝當機立斷，派出百名死衛牢牢護住兩人，退回戰船上。而頌蓮王雖然是站在與富天虹相同的立場——認為千年咒願應該繼續下去，但當她發現周夜蕭終究得獻祭之後，她整個人已然無法冷靜！

為什麼?!為什麼所有人都要跟這對兄弟過不去？解咒也是死，護咒也是死！他們什麼也沒做，而如今子熙已經被犧牲，剩下夜蕭一人，還要將他趕盡殺絕！天理何在？簡直欺人太甚！

而花吉蒔也非常痛苦。雖然她傾向護咒，因為這是兩千年前花家先祖們為守護這塊大陸所做的事。身為神巫族的後代，有責任繼續這份護咒的事業，並相信所做的一切，都是為了盛蓮的明天會更好……但當所有的儀式都以血腥呈現，當必須犧牲的，不再止於心甘情願的花家族人，還包括更多名無辜墨蓮，他們什麼都不知道，就被逼迫為了天下奉獻出自己性命……

這是不對的！

每個人的生命都是寶貴的，誰都沒有權力加以剝奪，就算是背負著「拯救蒼生」這樣的大帽子，也是不對的！所謂的犧牲，不就是一種心甘情願嗎？如果不是出自心甘情願，就是殘暴的剝奪！

她身為盛蓮國師，花家歷代承擔著為萬民祈福的責任。既是所為萬民，就不該有分別心，每個人的社會地位或有不同，但人人都擁有生存下去的權利！神靈的庇佑應是全面的，就像太陽的存在，不是為了某部分人而存在，它甚至也不是為了人類而存在，大地上的一草一木，都有資格得到陽光的恩澤，誰也沒有多一分，也沒有少一分。

那麼，她這樣做，是對的嗎？

兩千年前施下的咒願注定解開了，而富天虹與花家其他長老們，自封於地下神殿，正在為今夜子時立下新咒而努力著。她們不顧一切地要執行這個任務，絲毫沒有任何疑慮，從不擔心自己是不是做了錯誤的決定，如此的勇往直前，若是錯路，將會使盛蓮萬劫不復！她們哪來的信心相信自己絕對正確？

舉棋不定或許流於懦弱，但一意孤行的偏執，恐怕就是危險了。

她該……怎麼辦！

她是想守咒的，但如果守咒只能以大量的血腥去達成，這樣的咒願……不可能會讓盛蓮更好！當神聖的咒願染上屠殺的血液，就會變成邪惡的詛咒，她身為花家繼承者，對此深有領悟，所以無法相信富天虹所執行的咒願，會達成兩千年前的效果。

但她能怎麼辦呢？她只能一籌莫展。

比起富天虹準備了數十年，她，一個在這三、四天才發現千年咒願崩解的人，都還沒完全接受眼前的混亂，又怎麼來得及找出恰當的方法去守護或繼續這個咒願？長老們又都已倒向富天虹，她一個人孤掌難鳴，束手無策！

她無法接受富天虹的辦法，但她是想守咒的。這該怎麼辦呢？

「姊！」花詠靜突然跑進來。「不好了！」

「怎麼了？」

「他們，墨蓮……墨蓮男人暴動了！」花詠靜驚慌叫著。

「為什麼會暴動？妳在墨蓮那邊說了什麼？」花吉蒔驚叫。

「我什麼也沒說啊，我只是去義診。」花詠靜冤枉地叫著。「才幫幾個人看完病，就聽到有人在說軍隊要屠殺墨蓮，然後人群裡就暴動了！也不知道他們怎麼拿到武器的，突然就衝出關住他們的山洞，誰也攔不住，現在外面都亂成一團了……」

「蓮瞳呢？快通知她！」花吉蒔忙要往外衝。此刻她們暫住在殘蓮島的官府裡，她知道蓮瞳此刻一定守在周夜蕭身邊，所以腳步不遲疑地往後院跑去。

花詠靜苦苦在後面追，終於將人撲住，大叫道——

「姊！我還有第二個消息要告訴妳啊！」

「花詠靜！妳放手！想說什麼不能路上說嗎？眼下情況緊急，快放手！」花吉蒔氣急敗壞。

「妳不用去了！第二個消息就是頌蓮王與周夜蕭都不見了！」

「什麼?!」錯愕！這怎麼可能?!

「我們還是快去船上找蓮帝吧！外面的暴動一定要盡快阻止，不然會造成很多傷亡的！」花詠靜不理會花吉蒔大受打擊的表情，拉著她，開始往外跑，衝進暴雨中，往碼頭的方向奔去。

「我會死，一定會死……」花靈奄奄一息地哀嘆著。

「在死之前，再撞一次吧。」季如繪說道。

「沒人性的傢伙！就算不顧念我是妳同學，好歹也是妳同鄉，妳就這麼鐵石心腸地想

看我一命嗚呼啊！」花靈嘴上唸歸唸，還是乖乖地爬回灰白光圈那邊，繼續著不知道有沒有用的碰撞。

雖然不知道這樣撞有沒有用，但這卻是目前唯一的方法。季如繪發現她可以碰觸到那光圈，不會被反震，而花靈卻不行，只要稍稍一接近，就會被甩得老遠。對她而言，這光圈像道牆；可花靈卻說，這只是一道帶電的光幕。

她猜，這個光圈忌憚著花靈的接近，那麼也許這就表示了花靈對它是有威脅性的。所以季如繪抓著花靈，在她背後施力，讓花靈不斷地接近光圈，希望能打出一個缺口，每當花靈被那力道甩開時，她就負責接住她。

花靈覺得那個光圈像是通了高壓電似的，她每次碰到都懷疑自己被電成黑炭了——幸好她的肉體沒在這兒，不然一定會傳出陣陣烤肉香的。當她一次又一次的碰撞時，雖然不會痛，但對她的靈魂卻有所損傷；當光圈的某一處被她撞得愈來愈薄時，她發現自己的靈體也變得更淡了，而且精神也漸漸不太能集中，但無論如何還是得強打起精神，如果結局是所謂的魂飛魄散，那就要散得有代價。

這裡是盛蓮，是女人得自己當英雄救美的地方——也就是自救啦！她第一千遍告訴自己，然後，認命咬牙地讓季如繪抓著她撞——

花靈不知道，她每撞一次，都會使得維持這個結界的容長老吐血一次，隨著容長老的元氣大傷，她所能施出的咒力，也逐漸無法支持——

「噗！」又是一大口血。

「長老！」眾人驚呼。

「別管我，花晴、花云、花文、花華，停止妳們那邊的工作，立即過來助我維持困咒！」容長老一把揮開旁人的扶持，厲聲命令著：「還有！將蓮台上的法劍取來！」

「但長老，這樣一來，周夜蕭恐怕會醒來——」四人雖然立即過來，但同時也說出她們的憂心。人手畢竟太缺乏了，神殿裡只有九十九個花氏族人根本不夠用，尤其靈力最強的宗族長與花詠靜都不在這裡主持的情況下，她們必須耗費的心血精神更多，多到幾乎已經難以負荷了！她們八個人長期負責封鎖周夜蕭的靈魂，雖然如今周夜蕭在長時間的禁錮下，就跟死人一樣的容易控制，但在咒願還沒完成之前，她們都要非常小心，不能讓多年的準備，毀在一時的小疏失上。

「他還能醒來嗎？就算醒來，還回得了他的身體嗎？他已經回不去了！」容長老冷笑

一聲，但還沒笑完，又是狠狠噗出一口血。

「長老！究竟您是怎麼了？」

容長老恨恨地將嘴裡的血呸出來，怒道：

「花、靈！妳以為妳鬥得過我嗎！那就試試吧！妳們快助咒！」接過徒弟遞過來的花家法劍，開始唸著複雜的口訣，加強咒力。

「是！」

蓮瞳猛然驚醒，雙眼還沒完全睜開，就跳了起來！

「醒了？」蓮衡淡淡問著。始終未曾闔眼的他，發出的聲音再也無法溫潤，只有無盡的沙啞低沉。

「我怎麼了？你對我怎麼了？夜蕭呢！」她不可能睡著！那唯一的可能，就是有人對她下了藥！她飛快看了下四周，發現原本被她護在身邊的周夜蕭不見了，厲聲問道：「你把夜蕭怎麼了！」說話的同時抽出一把劍指向蓮衡。

「放肆！」死衛迅速擋在蓮衡面前。

「朕讓柳綾之他們帶走了。」蓮衡揮手讓死衛退下，還是冷靜的聲音，也沒有因為被

劍指著、生命遭遇威脅而退開一步。

「你——」利劍毫不留情地抵在蓮衡脖子上，並在上頭劃出一道淺淺的血痕。「為什麼這麼做！把夜蕭還我！」

「再過一個時辰，就子時了。」蓮衡筆挺站著。

蓮瞳一驚！已經要子時了?!難道夜蕭已經被送去獻祭了嗎！「你想怎樣！」

「蓮瞳，頌蓮王。妳的昏迷，不是朕下的手，對妳下手的，是富天虹的人。」

「什麼?!」

「富天虹打算讓這島上的人都陪葬，獨獨不願妳有任何意外。」如果沒有柳綾之，富天虹恐怕是要心想事成了，誰也阻止不了她的瘋狂。

「這是為什麼?」

「她認為妳是盛蓮富強的希望，她要妳登基為帝。」

蓮瞳震驚，搖頭道：

「不可能！如果她是這樣看我的，為何十幾年來一直跟我作對?甚至把夜蕭害成這樣?夜蕭……還有子熙……他們都是我最重要的人啊！」

蓮衡道：

「就是因為要妳成為一代聖君，所以她要周家兄弟都得死。」

聽了這些話，蓮瞳一把挾持住蓮衡，一邊往外衝，一邊怒叫——

「夜蕭人在哪裡！把夜蕭還給我！」夜蕭不能死！絕對不可以！

蓮衡沒有阻止她的粗暴，隨著她的挾持，一同踏出船艙，彷彿他頸子上沒有架著一把利劍，而且那流出來的血液也不是他的一般，他仍是可以平靜說話：

「岸上有馬車，我們也該去隱神殿了。她們，都在那裡。」

「她們？花靈以及季如繪？」蓮瞳問。將蓮衡架上馬車，「叱」一聲，駿馬開蹄狂奔，兩人立即被暴雨侵襲滿身。

「是。」蓮衡抽出馬車裡的大披風，擋在風雨的來向，讓兩人可以有一點說話的空間，不要被暴雨打散。

「那你為什麼還在船上?!」

「因為朕要等妳醒來，而且為了不讓那些有靈力的花家長老察覺到妳的氣息，花國師只能在船上為妳做一個隔絕的結界，將妳隱藏起來，爭取富天虹的信任。」

蓮瞳一驚，問：

「你這是什麼意思？你是說——你交出花靈她們，還有交出夜蕭，都只是為了將計就

計？還是……你改變主意，打算守咒了？」現在是什麼情況？她完全無法理解！

「蓮瞳，朕問妳，妳仍然認為千年咒願必須維持下去嗎？」在抵達神殿之前，他必須與蓮瞳取得一致的意見。

蓮瞳冷然地說出她的想法：

「我不想屠殺墨蓮，我要夜蕭活著，我雖然對於你所解釋的千年咒願不以為然，但也無法接受以如此血腥的方式重塑咒願！盛蓮的強盛，不應該是建立在如此邪惡血腥的咒法上！」

「朕不能保證周夜蕭的生命，他……的靈魂已經離體太久了。而且花國師從柳綾之那裡知道了周夜蕭中了什麼法咒之後，只告訴朕，被施咒的人一旦中了這種霸道的斷魂術，靈魂就再也無法回到自己身體裡了，神靈也救不了。」蓮衡遺憾地望著蓮瞳：「富天虹從來沒打算讓周夜蕭活著，施在他身上的咒法，也就毫不客氣地極盡陰毒了。」

「富、天、虹！」蓮瞳咬牙，用力一甩馬鞭，駿馬怒嘯，狂奔如風，快得幾乎把人給甩飛出去。

「蓮瞳，在抵達之前，請妳做出決定。」在殘蓮島，柳綾之控制了富天虹的人馬、李格非與野鴻掌握著墨蓮的力量，而軍隊，則握在蓮瞳手中！如果蓮瞳不願意站在他們這一

方的話，那麼在阻止血咒施放之前，島上的人就得經歷一次互相殘殺，這是所有人都不樂見的。

「蓮衡！」當隱神殿的所在地遠遠在望時，蓮瞳突然開口了。

蓮衡望著她。

「先帝曾經多次責備我衝動張狂、不顧大局，成不了大器。」聲音裡再也沒有先前的狂怒，就像暴風雨前的寧靜，甚至連打在她身上的疾雨，都像是靜止的。「如今，我也只能說，先帝真是最了解我的人。」

「頌蓮王？」

「蓮衡，我站在你這邊。我不在乎你想解咒或護咒，如果我救不回夜蕭的命，那至少我該做出身為頌蓮王最後能做的一件事——拒絕屠殺我盛蓮的子民。與其守護那不知結果如何的千年咒願，我該做的，是守護眼前我還看得到、活生生的性命！至於未來十年、百年、千年，盛蓮會滅亡會興盛，都與我無關了。我，只求你一件事——」

蓮衡沒有應聲，靜靜地聽她說完。

「今日過後，請將我與夜蕭合葬。」

「哇啊——」容長老面容青慘，整個人隨著一道疾噴而出的血箭而往後跌出老遠，狠狠撞在山壁上。手上的法劍再也握持不住，掉在地上。

「長老！」兩名弟子急忙過來要扶。

容長老焦急地揮手，一時沒法開口，努力要撿回法劍，要奔回她原來坐的那個位置——

「快、快。不能讓她——」但她什麼也做不了，大量的失血與咒法力道的反撲，讓她再也無力做什麼，手甚至還沒碰到法劍，便不動了。

瞪著一雙不甘的眼，永遠都不能動了。

「容長老——哇！」

「轟！」突然一陣不該有的巨響，從隱神殿深處傳來，神殿裡一陣天搖地動，幾十個正在施咒中的人同時嘔出血。

即使如此，血咒的力量仍是一直在堆積，在愈接近子時的時刻，整座隱神殿慢慢變成紅色，並逐漸加深中……

許多人倒下了，而她們倒下後，從身體裡散出一抹血紅淡影，加入這片血咒中……

碰！

「破了！已經破了！快看！」花靈氣喘吁吁。

「花靈，妳撐著點……算了，妳休息一下，我試試看能不能鑽進去。」季如繪發現被撞破的那個小洞口邊緣顯得很脆之後，試著將洞扳大一點，發現沒有問題，便開始一小片一小片的剝著。

「咦？」突然，季如繪發現光圈裡面一直昏睡的人似乎有動靜了。「花靈，他醒了！」

彷彿是破掉的洞口向裡面提供了氧氣，原本一直昏迷得像是連靈魂也死去的周夜蕭竟然睜開眼了！

「妳……妳們……」周夜蕭坐起身，當他伸手輕觸困著他的灰白光圈時，那光圈竟然像個肥皂泡沫一般的，破了！

「咦？怎麼會！」

花靈跳起來，衝到周夜蕭原本躺著的地方，正想研究這是怎麼一回事時，異變突生！

她完全止不住自己的腳步，直直往原本有一個小黑洞的地方飛去，像有什麼東西在吸引著她，只一下子，她整個人就消失不見了！

「花靈！」季如繪叫了聲，衝過去，也跟著消失。

周夜蕭低頭看了看自己已經透明得幾乎看不見的雙手，靜靜思索這是怎麼一回事，他似乎睡了好久好久……

在他還沒想清楚時，一道兇猛的吸引力捲住了他，將他帶進那只黑洞。當周夜蕭消失的同時，這個困住三人的黑暗空間，瞬間崩塌，化為一抹殘血，很快的消失不見。

「這是怎麼回事！」富天虹大叫。

當花家九十九名子弟正在神殿中心施展血咒時，富天虹立在以靈力施結而成的「幻鏡台」上，觀看著隱神殿上面的一舉一動。她手上有兩名木人，木人上頭分別染有花靈與季如繪的血液，這是傀儡咒，只要她手持著木人，便可以指揮這兩人的肉體進行獻祭。

而柳綾之也果然沒有辜負她的重託，趕在子時之前，將花靈、季如繪，以及周夜蕭的身體都奪來了。

她從幻鏡台上可以看到柳綾之已將花靈與季如繪擺在上面的巨石台兩旁，並點上了迷咒香，只消花靈兩人聞到香味，她在下面便可以控制住兩人的行動，讓她們主祭，以運行千年咒願。

而周夜蕭則被平放在巨石台上中央，一切都在掌握之內。就待子時一到……

可，事情突然生變，富天虹看到李格非率著一大群墨蓮衝進神殿上方，企圖干擾獻祭儀式，墨蓮如潮水般湧進，柳綾之只有三十名手下力抗，眼看花靈等人就要被搶走，驚得富天虹怒叫！然而這時，天搖地動，一陣又一陣轟轟然的撞擊聲從神殿深處傳來——

「稟報大人！似乎有人正試著要爆破山壁！」手下衝過來報告。

「他們不可能爆破得了的！」富天虹不理會那巨大的爆破聲，只緊緊盯著幻鏡台。「柳綾之！妳一定要撐住！再一刻，一刻就可以了！」墨蓮太多，而柳綾之的人手太少，正節節敗退中。

「大人！就算柳大人可以守住那三人的身體，但我們至今仍缺少墨蓮之血！」

富天虹紅著眼瞪著上頭的情況，沉聲問：

「神殿那邊如何了？」從她這邊望過去，她只看到那邊已顯現紅光，是咒願正在積蓄的現象。

「即將完成，有許多靈師已經殞身。」

「那好……妳將所有人叫過來，讓她們帶著飛火石，隨我殺上去！」冷殘一笑：「缺墨蓮的血嗎？哼，我們不會缺的。上頭這些人，來得好！」

「是！」手下立即去召集人馬。

隱神殿被封住，那是指外面而言，以富天虹做事的縝密，自然不會讓自己陷入絕境，所以從裡面是可以通出去的，那是一條備而不用的密道，就為了預防這情況而留下的。

「大人，人手全調齊了！」

富天虹看著甬道裡的百名好手，點頭。

「跟我來！」抽出劍，踩著血腥的步伐，向殺戮走去。

一切，都是為了盛蓮！

富天虹絕對沒想到，她甫一出密道，迎接她的，就是一柄利刃插進她心口。她並不是一個手無縛雞之力的女人，而為了今日這一天，她更是有著萬全的準備，即使是出乎意料之外的突擊被得手的同時，她身上的暗器，也會取走對方性命！

所以偷襲她的柳綾之身上同時布滿毒針。

為什麼?!這是富天虹沒辦法問出口的話。

但柳綾之還是回答了她——

「我答應過一個人，要保護他的兒子。」娶李格非、當他妻子、讓他一生衣食無缺

……這些，都不是真正保護他的方式。只有讓「墨蓮」這樣的身分消失，讓李格非這樣的墨蓮男性，筆挺立於青天白日之下，再也不必為人所鄙視側目，可以光明正大地活著，那才是他們最需要的！

而她，只是在做著她允諾過的事。

「柳綾之！」李格非摟抱著花靈、帶領著一群人殺過來，看到柳綾之滿身是血，不禁驚叫出聲。

柳綾之指著密道——

「快去！到地下去！去她們施咒的地方！花靈她們的靈魂在那裡！」

「妳——」

「我要去見你父親了，別了，格非。」微笑，閉目。

「柳——」

「快走！沒有時間了！」蓮衡抱著季如繪的身體衝過來，蓮瞳一手扛著周夜蕭，另一手持長槍跟在蓮衡身邊，而花吉蒔與其他死衛則護在兩旁，砍殺每一道阻力，身上也沾了無數血跡，有自己的，更多別人的。

李格非深深望著已經沒有氣息的柳綾之一眼，抿緊唇，飛快衝進密道。

「小心！他們要引爆飛火石！」野鴻大叫，第一個衝過去阻止。

「定！」花吉蒔結印成咒，瞬間將那些正欲點燃飛火石的人石化。

「快走！」

「姊！血咒施放完成了！妳看！」還沒到達神殿中心，漫天的血色已湧到甬道，走得愈近，血氣更加濃厚。

「詠靜！妳結印保護他們，我先過去找法劍！」她深知憑自己一人之力，恐無力阻止這個咒術，如果找回以歷代宗主靈力加持過的法劍相助的話，應該還有點希望。所以她交代完便衝進血霧中，往感應到的方向奔去——

「你們小心點，跟在我身後，別沾到那些血霧，那些都是靈體施成的咒念，會吸收別人靈體的！」花詠靜雙手瞬間施放出瑩白的光，將飄飛而來的紅色煙狀物給排擠到兩旁。

眾人謹慎地跟隨在花詠靜身後，以最快的速度向神殿靠近。

「咒結，願定，放！」奄奄一息的紀長老在燃盡自己最後的生命火苗時，望著滿布著靈力的紅霧已經開始運轉，在半空中形成一個漩渦，而且轉速愈來愈快時，艱難地唸完最

後定咒，即將嚥下最後一口氣，心滿意足地等待生命終結，加入為國犧牲的行列，所有人都死去，她也快了……

突然，漩渦中心往下墜落，並形成一個黑色開口，然後，兩道白影從裡面掉落出來——

「咦！這是怎麼了——」花靈撲跌在地上，發現自己進入一片紅色的地帶。這裡又是哪裡？「哇！地上怎麼都是一堆七孔流血的死人！」嚇得她哇哇大叫。

「花、靈……」紀長老完全不明白這是怎麼一回事。「妳怎麼——」不！不可能，這是千年咒願！為什麼花靈等人會從咒願中心點落出來?!是什麼地方不對了？

「花靈，妳看！」季如繪只注意到她們出來的黑洞周圍開始扭曲，而還沒有出來的周夜蕭在即將出來之前，竟像被什麼吸住一般，身形一直往後退。

「啊！時空扭曲了！那是我爺爺的畫像！那邊是台灣！是我老家！」花靈指著黑洞的另一邊驚叫。

可不是嗎！在周夜蕭的身後，漸漸浮現一些影像，影像的中心點正是一幅畫像，那是花尋！

「我們可以回家了，快！」花靈歡呼。一時忘了其它，就要衝過去！

「靈體回轉！去！」身後突然傳來花吉莳的喝叫。

花靈與季如繪覺得自己的靈體像被什麼吸引住，咻地往後一閃，重重撞進什麼容器裡面！

她們撞回了自己的身體裡！

「哇，好重！」失去了輕飄飄的感覺，花靈突然發現身體原來是如此笨重的物件。

「花靈！妳醒了！」李格非欣喜若狂，緊緊抱著她。

「如繪！」另一邊蓮衡也啞聲叫喚。

但被蓮瞳抱著的周夜蕭卻依然是冰冷身體。

「花吉莳！夜蕭他……」正想質問，卻發現另一個夜蕭正在黑洞中——「夜蕭！」她奔過去。

「蓮瞳！妳不能過去，妳可能會被裡面的咒力攪碎！」花吉莳驚叫。

蓮瞳什麼也聽不進去，她只看到夜蕭的靈魂被某種奇特的力量愈拉愈遠！不！她要他！如果他會消失，那就讓她一道吧！

「長老們做了超出她們能力所能做的事，所以造成了這個奇異的景象！妳別——嗚！」被狠呼一拳，頭暈眼花。

趁此時，蓮瞳抱著周夜蕭的身體衝了進去。

所有人都看到了當蓮瞳穿進去時，周夜蕭的靈魂突然飄了回來，衝進自己的身體裡。只見周夜蕭的身體甫一動，兩人的身影已然消失在那個洞口！

「他們、他們穿越時空了！」花靈尖叫，這才想起她也是要回家的。忙抓起李格非叫：「快！洞口變小了，好像快消失的樣子，我們快走。格非，跟我回家吃香喝辣吧！」邊說邊跑過去。

李格非完全沒有遲疑，跟著奔去。

「少主！您不能走！原野部族的建國希望都在您身上了！」野鴻大吼。

「誰理你！——咦，啊！」花靈順利進入黑洞，卻發現被她緊抓著的李格非跌坐在外面，他無法進入洞裡！「怎麼會這樣?!」

她跳出來，改用摟抱的方式，想將李格非偷渡進去，但還是不行。

「花靈，他不屬於那邊！」花吉蒔說道。

「那蓮瞳為什麼可以？」

「也許因為周夜蕭是特別的存在，而且……蓮瞳孕有周夜蕭的孩子。所以時空之鈕接受了她。」也只能這樣猜了。「總之，李格非……甚至是蓮帝，無法過去。」她看了眼始

終沒有動作的蓮衡與季如繪。他們只是站在一旁，雙手緊握，卻沒有絲毫想離開的樣子。

「怎麼會這樣！」

「花靈……」李格非望著花靈滿臉渴望的表情，艱難地低語。

花靈想回去，而她也有機會回去，今生今世，也就只有這一次機會了……

「妳……」他想說：沒關係，妳回去吧，如果這是妳最想要的。但，他就是開不了口。他沒有辦法說出違心之論。

花靈站在黑洞口煎熬，最後在發現背後傳來一陣陣吸引力，而且洞口也即將關閉時，連忙恨恨地跺腳兩下，跳了出來，撲入李格非懷中，大叫——

「有什麼了不起，不回去就不回去！希罕喔！」

黑洞消失之後，扭曲的畫面也恢復正常。

待子時一過，血霧也消散在空氣中。而外面的狂風暴雨瞬間戛止，烏雲散盡，雲破月出，星辰滿天——那種突兀的情況，沒有人能解釋。

然後……

世上再也沒有金蓮、銀蓮、紅蓮、白蓮、墨蓮……

全盛蓮的男人都發現自己胸口的那朵蓮花都消失了。

千年咒願，完全解開。

另一個千年咒願，沒有誰有能力去重造。

少了千年咒願的盛蓮沒有亡國，但七天七夜暴雨造成的巨大災害難以計數，讓盛蓮元氣大傷，至少得花上十年的時間重建這個國家，才能恢復她曾經的美麗。

花吉蒔帶領著所有花家子弟在全國各地祈福救災，而花詠靜則帶領醫館的所有醫師，跟著行醫救人。

未來的花家會不會開枝散葉、子孫滿堂，已經不是重要的事了。沒有千年咒願的盛蓮，其將來的發展，才是所有花家人必須傾盡心力去守護的。

「朕知道妳想回去。」蓮衡牽著季如繪的手，走在正在重建的皇宮長廊上。

「是嗎？」季如繪淡淡應著。

殘蓮島的事解決之後，將殘蓮島的善後事宜交付給李格非等人處理後，蓮衡即帶著季如繪搭戰船火速回到京島坐鎮，主持大局。回宮第一件事是立即行文公告天下對男性身上蓮色消失一事，做出解釋——當然沒那麼詳盡，只說得神靈指示，盛蓮男性從此再無蓮色

之分，墨蓮亦可成親生子。那七天七夜的暴雨，就是天示，為了解救盛蓮男子的痛苦，讓他們從今以後，再不會因為蓮色之故，而被世人分出高低等級。

盛蓮上上下下都被這個驚異的消息震得不知如何是好，又不敢相信這會是真的。所以印了大量文宣，讓花吉蒔帶著去全國散播。她是神官，在神靈之事上，有絕對的解釋權威，深受國人信服。

「謝謝妳留下來。」蓮衡嘆道。「朕不如李格非，無法對妳放手。」

「你不能走，我只好也別走。」季如繪當時看到黑洞的另一邊是通向花家古宅時，自然第一個想法是衝過去。但還沒有行動時，她便想到了蓮衡——他是不能走的。他是盛蓮的皇帝，而且是非常想要有所作為的男帝，不能像李格非那樣，無所顧忌地能夠拋下一切。

「妳……願意當我的……帝妻嗎？」如今百廢待舉，國事繁多，加上頌蓮王又已不在，他實在不應該將自己的重任加諸在她身上，要她跟他一同揹負，但……他需要她。即使什麼也不做，只要待在他身邊就好了。

「我不當帝妻！」她知道這是盛蓮國人對男帝妻子的稱呼。

「如繪！」蓮衡沒料到會被她拒絕。

「我要當皇后。」她踐踐地道。

「皇后？」

季如繪微微一笑，勾住他脖子。

「對，你是皇帝，我是皇后。我們一起來努力看看，這個國家的未來會變成怎麼樣吧！」

「如繪……」他嘆息。「這是個很辛苦的工作，我不該拉妳一道受苦的……」

「怎麼會苦？你在這裡啊。」她笑。

蓮衡靜靜地望著她，久久，久久，想說些什麼，又什麼話也說不出口。最後，他只能捧起她的手，細細吻著，虔誠吻著……

當渴吻的雙唇尋到了彼此，他與她，都從既重又急的心跳中，聽到了世界上最美麗的話語——

我愛你，我愛你，我愛你……

尾聲——傳說的最後，還是在跑路……

「今天天氣好清爽，陌上野花香……青山綠水繞身旁，小鳥聲聲唱……四方好友相聚，語多話又長……野外共餐多舒雅，彼此祝安康……」歌名：野餐。作者：佚名。

哇嗚、哇哇哇哇嗚……

「格非格非！你看，快看！女兒在幫我合聲耶！」花靈抱著終於睡醒的女兒在船板上轉圈圈，一路轉到火速向她衝來的李格非身邊獻寶。「一定是我的歌聲太美妙了，而且她具備藝術天份，才會在我一唱歌就迫不及待地醒過來應和，呀！實在太崇拜我自己了，隨便生生，都可以生出一個音樂天才，將來她一定會成為歌唱界的天后，領導全千炫大陸的音樂風潮，那我就是這個世界上第一個超級星媽，每一個成功的巨星身後，都有一個偉大的星媽……」搖啊搖，搖啊搖，這裡沒有外婆橋，但還是給妳搖！

哇哇哇——哇哇哇——更傷心的哭號聲，像是暈了海盜船，外加肚子餓。

還沒陶醉完呢，手上的未來天后就被抄走——

「打手，犯規！」花靈揮著被打的手背抗議，掏著口袋想要找張黃牌，卻只能掏出一條白色手帕，於是只好揮著揮著投降。「給人家抱一下是會怎樣？我又不會讓她摔到。」

李格非不理她，小心地將女兒抱在懷中，好生安撫，直到深受驚嚇的女兒不再哇哇大哭之後，才溫柔地以小勺子舀精製八寶米湯餵著，根本當花靈不存在，滿心滿眼只有懷中的心肝寶貝。

千炫大陸的女人從不餔乳，而花靈因為身體太過虛弱而沒有奶水，所以這孩子打一出生，就以各類營養的米湯養育——就跟其他盛蓮嬰兒一樣。不過，當然等級是不同的，李家寶寶食用的是只有出身於豪富之家的嬰孩才吃得起的珍稀八寶米湯。以李格非的身家，自然給得起女兒全世界最好的。

不只吃得最好，連穿，也是可比皇室公主等級了，這還不夠，李格非打從女兒還沒出生前，就囑白總管率所有手下滿世界搜羅各種最好、最貴、最稀奇的物件，最小如一張珍貴的金絲絹紙，最大到一艘豪華巨船，揮金如土地買著。聽說甚至還派人四處打聽天上的星星要怎麼摘下來……這一切，都是為了買下來等著女兒長大後可以隨便玩玩，就怕準備得不齊全，讓她感到無聊了。真是……太不像話了！花靈每每想到這些，都嫉妒得咬牙切齒，恨不

得可以重新投胎，成為李格非的女兒！

「孩子的爸，你這樣是不行的，我們那邊有句話叫『慈母多敗兒』，你這麼寵她，簡直就叫『寵父育敗女』，你就這樣把她養成敗家女，不怕以後咱連養老的錢都沒了，只能窩在路邊乞討啊?!」

「小聲點。」李格非只注意到花靈的嗓門大到讓女兒不安了。

「嗚……你只管你女兒，都不管我產後憂鬱症……真是太過分了！」花靈蹲在地上劃圈圈。

「別哭了。」李格非無奈地道。

「偏要！」

「那就小聲點。」

「不要！」太過分了！

「不然……走遠點哭。」

「李格非！」花靈暴走。

還好女兒很乖很好養，吃完了八寶米湯，即使花靈這樣吵，還是堅定地窩在父親溫暖的懷中睡著了。真是乖寶寶，教他怎能不疼入心坎裡？

「主爺，船上風大，請讓小的帶少主回艙裡睡吧。」青俊悄聲走過來，以委婉的語氣說道。其實是怕了花靈的大嗓門會害少主睡不安穩。

「什麼少主？叫她小豬就可以了，這個小名多親切啊！」花靈堅持把小豬這個小名安在女兒身上，即使被所有人反對也要叫下去，可惜沒人理她。

李格非不捨地抱了好一會，才交到青俊手中。

「好生照看著，吩咐船長，別只顧著趕速，切記以行穩為要，別顛著了孩子。」

「是。」青俊乖巧應是。沒有提醒主人，這些吩咐打上船之後，至今已經交代過一百遍以上了，而船，甚至還沒駛出國門。

終於，所有人都被清場，甲板上只剩下夫妻兩人，可以好好營造兩人世界一番。李格非望著花靈啜泣的背影，雖然知道很假，但若真的不管，後果也是會很嚴重的。只好上前走去，將她摟住，拍拍她道：

「別哭了，剛才不好好的在唱歌嗎？繼續唱吧。」

「你剛才不是怪我唱歌吵到女兒？我不唱了！」

「唱吧，我喜歡聽妳唱歌。」李格非下巴窩在她頸子邊，溫存低語。「別唱給女兒聽，只能唱給我聽。」

花靈輕輕一笑，整個人往後躺入他懷中。兩人依偎著看著兩岸的綠茵與天上的白雲，久久不語。

「格非……」花靈輕輕喚著。

「嗯？」

「以後，這片大陸會變成怎麼樣呢？」

「誰管它會變成怎樣，只要我們在一起就好了。」

「我倒很期待。也許會真的變成父系社會，或者跳過男權狂漲的野蠻時代，提早進入我們那個時空的現代，變成男女互相尊重、相對平權的世界。我真希望可以那樣……」她的唇突然被輕輕掩住。

「不要隨便發願。」李格非不待她抗議，就說道。「我不想妳隨便說說之後，就變成了一種咒願，別忘了妳是神巫族的後人。」

「哈、哈哈，怎會？哈哈……」乾笑幾句之後，終究忍不住起一陣戰慄。不敢再多說什麼。雖然應該是不會，但不怕一萬，只怕萬一，要是真的再來個什麼咒願，把她的小命收去當頭期款，那就很要命了。

一年多前發生的種種驚心動魄事件，已經隨風而去。如今又做回平凡人，他們很珍惜這

樣的好時光，但願一生都能這樣過下去，所以……

「他們要是終於發現我們這次是以帶著合唱團出國巡演的名目，來掩飾落跑的事實，應該會很不高興吧？」花靈說道。

「妳不想當花家宗族長，我不想當原野部族的開國君王，不走，妳有更好的解決方式？」他輕哼。

「沒有。」花靈可憐兮兮回道。

是的，他們現在之所以在船上，是因為他們又在落跑中。

花吉蒔在千年咒願一事過後，堅持要把宗族長大任交給花靈，然後自己出門苦修，花靈自然不肯；而李格非則更慘，他身為原野部族族長之外孫、聖女之獨子，如今原野部族即將建國，野鴻帶領著所有勇士天天追在他身後逼迫他當國王。格非性情堅毅，自然可以完全無視的堅拒到底，誰料得到野鴻居然把主意打到他女兒身上，這下子李格非不跑路也不行了。

那就走人吧！行路天涯，吃吃喝喝、遊遊玩玩，豈不快哉！

李格非雖是盛蓮人，卻對盛蓮沒有太多依戀。畢竟在三十幾年的歲月中，這個祖國帶給他太多苦澀的記憶，加上他也不習慣長駐一地。以前是為了做生意而四處奔走，不得不浪跡天涯；而這幾年，則是因為花靈熱愛旅遊。

前些年兩人由於被頌蓮王通緝，在一大堆密探的追捕下，倒也差不多走遍整個大陸了。各地都有好風光，處處都是落腳處，所以即使不得不遠離盛蓮，心態上來說，卻是很輕鬆的。

領著一大團合唱團團員，駕著五十艘大船，浩浩蕩蕩的，甚至是敲鑼打鼓地駛向盛蓮海關處，人人都知道他們即將花一年的時間在大陸各國賣唱——雖然花靈一再強調這叫「世界巡迴演唱會」，但大家還是習慣以他們能理解的字眼表達，也就是賣唱。花靈與李格非承諾了那些整天追著他們的人說：一切等回來之後，會正視他們的要求，不再規避自己的責任。終於讓他們願意暫時放過兩人。

當然，為了防止他們夫妻消失無蹤，花家與野鴻親自為李格非他們置辦出船事宜，連同船員、佣僕都一起包辦了。可以說這五十艘船上七成的人，全是兩方勢力派出來的眼線，就不怕他們夫妻跑掉了。

這些人對自己太有自信了，不知道在花靈來的那個世界，有句名言叫「上有政策，下有對策」，身為落跑專家，他們當然做了萬全準備，也有一大套精準無缺的落跑計畫，想什麼時候閃人都不是問題，只要出了盛蓮國門，就是天下任我行了。

「唉……」花靈突然嘆了口氣。

「嘆什麼氣？」

「我在想，蓮瞳和周夜蕭在我那個世界不知道過得好不好？一定很不適應吧？而且我真的滿擔心周夜蕭的身體的，雖然他們八成會落腳在我家祖宅，也許會遇到我家老祖宗，得到他的幫助，但也有可能，什麼都沒有哇。要知道，我那個世界很不好混的，而且那裡也沒有一個李格非，會這麼大膽的收留來路不明的人。」說著，吻他一口。「你是獨一無二的！」

「……妳真的不後悔留下來？」

「當然。既然你不能跟我過去，我就留下來。有你的地方就是家，在哪裡不重要。」她笑。

李格非幸福地笑了，向來冷峻難親的五官，在這一年來，因為太常微笑而變得柔和許多，尤其女兒出生之後，他簡直變身為彌勒佛。

兩人卿卿我我地擁抱親吻了許久，才又繼續閒談，花靈道：

「我們會很幸福的。我想，季如繪當皇后之後，也會吧。說來也好笑，我以前就想過，如果她這個女權主義者被丟來盛蓮，一定會很有趣，以她的個性來說，絕對無法接受女權是這樣存在的。結果，比我能想像的更有趣，她當了皇后，今後得想辦法教化人民男女平權的觀念，為男人爭取權利。想必她的心中很百味雜陳吧！」說完，笑個不停。

李格非笑得淡淡的，縱容地聽她說話，溫柔擁著她還沒有完全康復的身子。對他而言，男權、女權，都沒有什麼意義，這世界以後會變得怎樣，其實也並不關心，他只想看她笑，而且在他懷中笑，那就是他的全世界了。

五十艘大船已駛到盛蓮海關口，正在檢驗核印。在半個時辰之後，熟悉的聲音傳了過來——

「過關，開閘門——」

於是船再度行進。

傳奇已經落幕，曲既終，人自散，回歸平凡。

而平凡，就是一種幸福。

跑路，也是一種快樂。

再會了，盛蓮！

《全書完》

後記

之一：短短的年記

難得發想了一套三本的長篇故事，「盛蓮傳說」到此終於告一個段落，謝天謝地我能堅持到最後，就算延遲些許時間，卻也真正的完成了它。

我發誓！我發誓短時間之內不再這麼自虐了！喔，不，最好是以後都不要這樣自虐了！以後發想故事靈感時，切記要小心再小心，不要太放縱思緒去天馬行空、愈想愈多、愈想愈廣，把十萬字的小說硬是延長成三十萬、五十萬的，只因為架構愈想愈大，也不衡量自已的能力有沒有辦法勝任，就這麼一意孤行下去，真是太不負責任，太任性了。我反省，我現在就很沉痛地反省中！

三秒鐘、兩秒鐘、一秒鐘……

好，有空會繼續反省，我們接著往下啼——

感覺到寫作對我而言，已經很明確的像在記錄歲月變遷的年記了。現在的每一篇後記，都成了我記錄歲月的年記。感覺滿好的，這讓我常常有很多話可以跟大家嘮叨。

因為這同時也是寫給往後的自己看的，所以不管內容有多囂張、低落、莽撞、傻氣、愛現或自以為是什麼的，都好，都是我，盡量寫得暢快淋漓，留給日後更成熟些的我去看得羞愧懊惱或自豪吧。

總之，今年最值得書寫下的一筆是：竟然完成了「盛蓮傳說」！

我完成了耶！

再見！花靈。再見！李格非。再見！盛蓮。

再見！再見！再見！

大家好好過自己日子去，不必再見。

之二：長長的回信

好久好久沒有在後記回信了。

原因之一：收到的信少了。

原因之二：該回答的問題，我願意回答的問題，都回得差不多了。

那麼，現在又來開這個話題是怎樣？莫非是無話可啼，於是用這個來湊字數？大家想這樣猜也不是不可以啦……

這次回信的問題也不多，就那幾個最常被問到的，咱就一次回完，省得有人抱怨我老是對這些問題視而不見，懷疑到底有沒有在看信！有啦，我有看。真的。

好吧，不多說其它，開始回信！

讀友問：席絹，妳為什麼不公開電子郵件？現代是網路的時代，已經沒有幾個人願意提筆寫信了，妳公開信箱好不好？

席絹答：朋友，我可以很官腔官調地回答你委婉的詞令如——我會慎重考慮。不過老實說，打從我有E-mail以來，卻是從來沒有公開的打算。我的信箱只給出版社——寄稿件用；只給家人朋友——哈啦一些八卦、聊聊一些是非用。當然，也免不了每天收到幾封廣告信件，刪得我心煩。

朋友都不知道我在龜毛什麼，將電子郵件公開真有那麼為難嗎？不明白我到底是在矜什

麼。

不知道耶，反正就是覺得既然天生懶於回信，就別害人寄了信之後，誤會信件莫非被送到外太空，不然怎麼回訊全無？我不喜歡虧欠別人的感覺。當然，可能這樣的解釋還是不夠好，不過，目前我還不想公開信箱就是了。

如果這個沒來由的堅持，能堅持到我退休的那一天，不留下任何一抹痕跡地退場，讓人就算偶爾懷念想起，也找不到人……那一定滿……過癮的吧……

讀友問：席絹，妳為什麼不開個部落格跟大家交流一下？讓喜歡妳的人能更加貼近妳？也方便妳發表一些言情小說以外的想法。這是個幾乎人人都有部落格的年代，妳好歹也跟一下流行嘛！

席絹答：開部落格有什麼困難？困難的是我沒有經營的耐心。老是憑著一股熱血去行事是不行的，對自己創造的東西要負責啊，不然就別起那個頭，弄成虎頭蛇尾的結果，總是不太好。

如果我有雜文要發表，飛田的「舞文弄墨」就是個好地方。最理想的是我高興一個月給三篇，或三年給一篇都成，反正沒有任何限制，想寫就寫，不想寫就忘了這件事，多好不是

？

我很懶，我超懶，我很少對寫小說以外的事情花腦筋去多想。這輩子除了寫小說這件事能讓我堅持到現在外，其它事情，我是很容易放棄的。

如果有一天，我開始寫部落格了，那八成是我從言情小說退休，或飛田在這樣艱難的環境下終於無法生存，寫下句點，就有可能。

讀友問：席絹，妳有沒有想過把作品改編成戲劇？妳有沒有想過把言情帶進電視圈？

席絹答：我的作品有被改編過了啊。

作品有沒有機會被改編，端看有沒有哪家電視台或製作公司看上眼，不是我想或不想就能實現的。這種事，隨緣吧。

當然，如果有一天言情小說的風格能進入戲劇裡，就像日漫成為日劇的主流那樣，那一定很棒吧。不過，這也不是靠我一人之力就可以，甚至要努力的路還很長，也許終我一生都看不到。但若機會來臨，我也會加減努力一下就是了。

讀友問：除了寫言情小說，妳是否還有想過寫其它的東西？

席絹答：有啊，曾經想過寫劇本。當然，就是想想而已。就像我以前寫小說的動力是為

了寫出自己想看的故事那樣，如今對劇本的那一點點幻想，就是發現自己已經好多年沒有杵在電視機前追戲劇看了。近幾年來唯一真正有看完的戲劇，居然只數得出一齣——就是「交響情人夢」！曾經那個每天追戲看的我跑哪兒去了?!是什麼讓我變成這樣？每天開機率這樣低，開了也不是為了看戲劇？

所以，如果有一天，在天時地利人和都配合的情況下，若有機會參與編劇工作，我應該會試試看吧。

讀友問：妳不是說過再也不寫皇帝了嗎？那妳為什麼又寫了《皇上說的是》？還有那本還沒寫出來的《男帝》（也就是你手上這本啦）也是皇帝吧？妳怎麼說！

席絹答：嗯……寫《皇上說的是》真的只是意外。誰會想到出版社在沉寂那麼久之後，又有了出套書的計畫？甫聽到這個訊息時，我腦中一片空白，沒有特別的想法，一心只想著要把《男帝》速速寫完。所以漫不經心聽完出版社的交代與重點吩咐，掛掉電話後，幾乎馬上忘掉這件事。那時《男帝》的大綱正在深化中，有點忙……

沒有人規定我一定要挑皇帝來寫，即使套書的主題是後宮。

幾天後，出版社再度打電話來，告知參與的作者為何、所寫的角色為何、所定的書名為

何之後，我才有點清醒，不太明白地想著——為什麼沒人寫皇帝？皇宮是皇帝的地盤，有四個故事即將在他家裡發生，而皇帝這個屋主卻只能是擺飾嗎？

皇帝這個身分莫非太流俗，流俗到在他身上產生的故事絲毫不具任何吸引力，以致於別人完全沒想到要寫他當男主角？

我抓了抓頭，想說手中反正有不少為了寫《男帝》而找來的資料，拿來用在皇帝身上也挺方便，就寫皇帝吧！我是不喜歡皇帝的，可是就是覺得後宮這樣的主題裡，若少了一枚皇帝來當主角湊熱鬧一下，似乎有點可惜。

寫《男帝》是這個系列故事的必須，所以我沒有任何抵觸的情緒；而寫《皇上說的是》算是拿石頭砸自己的腳吧，誰教我單單想著應該在套書裡出現一個皇帝主角，就寫了這麼一個故事，完全忘了自己有多討厭這種身分，直到寫完之後才想起來……唉。

問題不多，但回答很長，長到讓我發現自己根本是長舌婦，所以在此打住吧！

以為一頁word就可以解決，沒想到寫了那麼多。莫非是太久沒啼所致？目前我只想到這幾個印象中比較常被問到的問題，至於其它可能也常常被問，眼下卻一點也想不起來的嘛，就待有空想起來時，再在後記中回應吧。

拜拜，各位，接著忙下一本小說去了。

二〇〇七的下半年，真是勤勞的下半年，連自己都好感動說。

〈後記完〉

尋夢園 系列 1274

名模超難纏（現代拼命三郎之二） 晴宇

帶著東方神秘感及王子般優雅氣質的甯宸昀，
是個名氣響亮、國際知名的頂尖模特兒！
熱愛自由的他，最怕別人黏著他、纏著他，
因此總是獨來獨往的，習慣凡事自己來。
可偏偏寶貝老姊吃定了他偏愛來「惡人」這家夜店，
藉此逼他答應讓漂亮的秦采菱擔任他的私人助理，
而且理由居然只是——讓她能實現環遊世界的夢想？！
拜託~~他是國際名模，又不是旅行社領隊，
那妮子想出國遊玩，怎麼會扯到他身上來咧？
為了甩開這個從天而降的大包袱，
他決定扮演難纏的雇主，嚇得她自動請辭！
但是，他都還沒開始耍心機，她居然就率先拒絕他？！
莫非這世界上，真的有女人能夠抗拒他的魅力？

尋夢園 系列 1275

男　帝（盛蓮傳說之三） 席絹

愛情，從來就不是他的預期，他也不憧憬。
就如同他今生從來沒見過雪，
也就不會對別人口中所形容的冰封美景心生嚮往。
但是啊，偏偏出了她這個意外……
這個不知打哪冒出來的奇異女子，
纖柔的外表下蘊藏著冷淡又倔強的心……
多奇怪的組合，可真教他眷戀啊！
眷戀到……他捨不得放手了。
當牽念轉變為一種說不清的獨佔欲時，他整個心都亂了……
這是愛情嗎？他不知道。
有些事情，不必言明，就任其一輩子曖昧下去，似乎也不壞；
何況，「愛情」兩個字，對一個帝王來說，畢竟太奢侈……
何況，他的存在，是有著任務的，他本不該牽扯上她……
是的，有著太多的不可預期，
所以，這下她是別想置身事外了……

尋夢園 小說系列

1234 全天情婦……夙雲
（小小女強人之二）

1235 多金總裁愛耍帥……子澄
（愛現一族II）

1236 愛人怕怕……樂果
（戀愛症候群之二）

1237 茶王……湛清
（行行出狀元之一）

1238 不做好女生……單飛雪
（不聽話之一）

1239 結婚有理……樂果
（戀愛症候群完結篇）

1240 小女人發威……席維亞
（不聽話之三）

1241 非你莫屬……樓雨晴
（情關之一~釀情篇）

1242 糊塗女傭愛耍賴……子澄
（愛現一族III）

1243 老情人……夙雲

1244 相公的嫁妝……喬安

1245 愛你真的有夠難……晴宇

1246 心不設防……樓雨晴
（情關之二~悟情篇）

1247 無行浪子……凌淑芬
（七星傳奇之二）

1248 古板教授愛耍酷……子澄
（愛現一族IV）

1249 酒狂……湛清
（行行出狀元之二）

1250 親親小茉莉……洛煒

1251 別說再見……樓雨晴
（情關之三~懺情篇）

1252 皇上說的是……席絹
（後宮話風流）

1253 好一個國舅爺……于晴
（後宮話風流）

1254 志明與春嬌（上）……典心

1255 志明與春嬌（下）……典心

1256 想做好男人……單飛雪

1257 鹽皇……湛清
（行行出狀元之三）

1258 千里之外……夙雲
（愛成災之一）

1259 娘子不服氣……喬安

1260 溫柔大甜心……黑潔明
（小肥肥的猛男日記 Part 2）

1261 勾魂獸醫師……子澄
（浪子之一）

1262 愛上前妻……湛清
（不了情1）

1263 書呆與賭徒……凌淑芬
（壞男人啟示錄之五）

1264 將錯就錯……樓雨晴
（情關之四~誤情篇）

1265 烈日灼身……夙雲
（愛成災之二）

1266 慵懶園藝師……子澄
（浪子之二）

1267 過期老公……湛清
（不了情2）

1268 富貴軟娘子……典心

1269 貧窮野娘子……沈韋

1270 惡人在身邊……晴宇
（現代拼命三郎之一）

1271 明星花露露……單飛雪

1272 口是心非……樓雨晴
（情關之五~探情篇）

1273 百變魔術師……子澄
（浪子之三）

1274 名模超難纏……晴宇
（現代拼命三郎之一）

1275 男帝……席絹
（盛蓮傳說之三）